Tschingis Aitmatow · Der erste Lehrer

Tschingis Aitmatow

Der erste Lehrer

Aus dem Russischen
von Leoni Labas

Verlag Antje Kunstmann

Einzige vom Autor autorisierte Ausgabe
21. Auflage

Zweigstraße 10, 80336 München, info@kunstmann.de
Umschlaggestaltung: Michel Keller
Druck und Bindung: CPI – Clausen und Bosse, Leck
ISBN: 978-3-88897-291-1

Kurkurëu, unser Ail, liegt im Vorgebirge auf einem breiten Plateau, auf das aus vielen Schluchten tosende Gießbäche herniederstürzen. Drunten breitet sich das Gelbe Tal aus, eine riesige kasachische Steppe, umrahmt von den Ausläufern der Schwarzen Berge. Wie eine feine Linie zieht sich am Horizont die Eisenbahnstrecke durch die Ebene nach Westen.

Oberhalb des Ails stehen auf einem Hügel zwei große Pappeln. Ich kenne sie, seit ich denken kann. Von welcher Seite man auch in unser Kurkurëu kommt, immer erblickt man zuerst die beiden Pappeln; von überall sind sie sichtbar wie Leuchttürme auf einem Berg. Ich kann es mir nicht erklären, vielleicht ist es, weil die Eindrücke der Kindheit dem Menschen besonders teuer sind, vielleicht auch, weil ich Maler bin, aber jedesmal, wenn ich aus dem Zug steige und durch die Steppe in meinem Heimatail fahre, sucht mein Blick schon von weitem meine lieben Pappeln. Aus solcher Entfernung kann man sie wohl kaum, wie hoch sie auch ragen, erspähen, für mich aber sind sie immer nah, immer sichtbar.

Wie oft bin ich von weiten Reisen in meinen Ail zurückgekehrt, und jedesmal habe ich mit banger Beklemmung gedacht: Werd ich euch bald sehen, meine lieben Zwillingspappeln? Nur schnell in den Ail, nur schnell auf den Hügel zu den Pappeln. Und dann lange unter den Bäumen stehen und mich am Rauschen der Blätter satt hören!

In unserem Ail gibt es vielerlei Bäume, aber die Pappeln sind etwas ganz Besonderes – sie haben ihre eigene Sprache und sicherlich auch ihre eigene klingende Seele. Wann immer man auf den Hügel kommt, am Tag oder bei Nacht, sie wiegen ihre Kronen, regen ihre Zweige und rauschen in den verschiedensten Tonlagen.

Bald hört es sich an, als plätschere eine leise Meereswelle auf den Ufersand, bald huscht gleich einem unsichtbaren Flämmchen ein heißes, leidenschaftliches Flüstern durch die Zweige, bald ertönt nach sekundenlanger Stille plötzlich ein tiefer Seufzer im bewegten Laub, als sehnten sich die Pappeln nach jemandem. Und wenn Stürme und Gewitterwolken herannahen, Zweige knickend und Blätter abreißend, dann wiegen sich die Pappeln geschmeidig und lassen ein Brausen hören wie eine lodernde Flamme.

Später, nach vielen Jahren, habe ich das Geheimnis der beiden Pappeln begriffen. Sie stehen auf einer Anhöhe, von allen Seiten Wind und Wetter preisgegeben, antworten auf das leiseste Lüftlein, und ihre Blätter regen sich bei jedem Hauch.

Diese einfache Erklärung war mir jedoch keine Enttäuschung, sie hat mir nichts von der Empfindung meiner Kinderjahre geraubt. Und bis auf den heutigen Tag dünken mich die beiden Pappeln auf dem Hügel ungewöhnlich, lebendig. Dort ist meine Kindheit zurückgeblieben wie ein abgesplittertes Stück eines grünen Zauberkristalls...

Am letzten Schultag vor den Sommerferien sind wir Jungen hierhergerannt, um Vogelnester auszunehmen. Und jedesmal, wenn wir johlend und pfeifend den Hügel hinaufstürmten, wiegten sich die Riesenpappeln, als wollten sie uns mit ihrem kühlen Schatten, mit ihrem zärtlichen Blätterrauschen begrüßen. Wir barfüßigen Schlingel kletterten hoch hinauf in die Äste und Zweige und richteten ein fürchterliches Durcheinander im Vogelreich an. Ganze Schwärme von Vögeln flatterten krächzend über unseren Häuptern. Uns aber hielt das nicht zurück, im Gegenteil! Wir kletterten höher und höher, mal sehen, wer am flinksten und mutigsten ist! Und da tat sich plötzlich aus der ungeheuren Höhe des Vogelflugs wie durch Zaubergeheiß eine wunderbare, unendlich weite und helle Welt vor uns auf.

Wir waren gepackt von dem grandiosen Ausblick. Mit angehaltenem Atem saßen wir jeder auf einem Ast und vergaßen die Vögel und ihre Nester. Der Pferdestall des Kolchos, den wir für das größte Gebäude auf Erden gehalten hatten, schrumpfte von unserer Höhe aus zu einem ganz gewöhnlichen kleinen Schuppen zusammen. Hinter dem Ail verlor sich weit hingebreitet die unberührte Steppe im leichten Dunst. Wir spähten hinaus in die blau verhangene Ferne und entdeckten weites Land, von dem wir bisher nichts geahnt, gewahrten Flüsse, von denen wir bisher nichts gewußt hatten. Wie feine Silberfäden blinkten sie am Horizont. Wir dachten, im Gezweig versteckt: Ist dort die Welt zu Ende, oder gibt es dahinter auch noch so einen Himmel, solche Wolken und Flüsse und Steppen? Wir hörten, im Gezweig versteckt, die Himmelsmusik des Windes, und die Blätter antworteten flüsternd von lockenden, rätselhaften Weiten, die sich hinter der nebelgrauen Ferne verbargen.

Ich hörte die Pappeln rauschen, und mein Herz pochte bang und froh. Beim unermüdlichen Rascheln der Blätter versuchte ich mir vorzustellen, wie das ferne Land aussah. Nur an eines habe ich damals nicht gedacht – wer wohl diese Bäume gepflanzt hatte? Was wollte und träumte jener Unbekannte, der die Wurzeln der kleinen Bäumchen in die Erde senkte, welche Hoffnungen hegte er, als er sie hier auf diesem Hügel großzog?

Der Hügel, auf dem die Pappeln standen, wurde im Ail »Düischens Schule« genannt. Ich erinnere mich noch, wenn jemand sein Pferd suchte und einen Vorübergehenden fragte: »He du, hast du nicht meinen Braunen gesehen?«, bekam er meist die Antwort: »Da oben bei Düischens Schule haben heut nacht Pferde geweidet, vielleicht ist deins darunter.« Und wir Jungen machten es den Erwachsenen nach, ohne uns dabei etwas zu denken. »He Jungs, kommt zu Düischens Schule, wollen auf die Pappeln klettern und Spatzen jagen!«

Man erzählt im Ail, einst habe auf dem Hügel eine Schule gestanden. Aber zu unserer Zeit war nichts mehr davon zu sehen. In meiner Kindheit bemühte ich mich oft, irgendwelche Überreste von ihr zu finden, ich wanderte auf dem Hügel herum, suchte, konnte aber nichts entdecken. Später kam es mir sonderbar vor, daß man einen kahlen Hügel »Düischens Schule« nannte, und ich fragte die Alten, wer denn dieser Düischen gewesen sei. Einer von ihnen antwortete mit einer Handbewegung: »Düischen, das ist doch derselbe, der heut noch im Ail wohnt, aus der Sippe des Lahmen Schafes. Die Geschichte ist schon lange her, Düischen war damals Komsomolze. Auf dem Hügel stand ein verlassener Schuppen. Düischen hat eine Schule daraus gemacht und die Kinder unterrichtet. Ja, eigentlich war's gar keine Schule, man hat's nur so genannt. Oh, das waren interessante Zeiten! Wer damals ein Pferd bei der Mähne packte und den Fuß in den Steigbügel setzte, der war sein eigener Herr. So hat's der Düischen gemacht. Was ihm in den Sinn kam, tat er. Heute findet man kein Steinchen mehr von jenem Schuppen, nur der Name ist geblieben...«

Ich kannte Düischen kaum. Er war ein älterer Mann, hochgewachsen, kantig, mit buschigen Brauen, die Adlerschwingen glichen. Sein Hof lag auf der anderen Seite des Flusses, in der Straße der zweiten Brigade. Als ich noch im Ail wohnte, arbeitete Düischen im Kolchos als Mirab und war ständig auf den Feldern. Manchmal kam er durch unsere Straße, eine große Hacke am Sattel; das Pferd hatte irgendwie Ähnlichkeit mit seinem Herrn, es war ebenso knochig und dünnbeinig wie er. Allmählich alterte Düischen, er trage jetzt die Post aus, hieß es. Aber das nur nebenbei. Nach meinen damaligen Begriffen war ein Komsomolze ein Dshigit, feurig bei der Arbeit und in seinen Reden, allen voran im Ail, einer, der in Versammlungen spricht und in der Zeitung über die Diebe und Faulpelze herzieht. Darum vermochte ich mir überhaupt nicht vorzustellen, daß dieser bärtige, friedliche Mann Komsomolze gewesen war und, was noch erstaunlicher schien, die Kinder unterrichtet hatte, konnte er doch selber nicht richtig lesen und schreiben. Nein, das wollte mir nicht in den Kopf! Offengestanden, hielt ich das für eines der vielen Märchen, die in unserem Ail von Mund zu Mund gingen. Doch es war alles ganz anders...

Vorigen Herbst bekam ich aus meinem Ail ein Telegramm. Meine Landsleute luden mich zur feierlichen Eröffnung einer neuen Schule ein, die der

Kolchos selber erbaut hatte. Sofort beschloß ich hinzufahren. An einem für den Ail so festlichen Tag wollte ich nicht fehlen. Sogar einige Tage früher fuhr ich los. Wirst überall hingehen, dachte ich, siehst dir alles an und machst neue Skizzen. Unter den Gästen wurde, wie ich erfuhr, auch Akademiemitglied Altynai Sulaimanowa erwartet. Man sagte, sie werde ein oder zwei Tage bei uns bleiben und dann nach Moskau fahren.

Ich wußte, daß diese jetzt so berühmte Frau als Kind aus unserem Ail in die Stadt gegangen war. Als ich dann selber in der Stadt wohnte, lernte ich sie kennen. Sie war bereits in vorgeschrittenem Alter, hatte eine füllige Gestalt, ihr glattgekämmtes Haar schimmerte schon silbern. Unsere berühmte Landsmännin leitete einen Lehrstuhl an der Universität, hielt Vorlesungen über Philosophie, war an der Akademie tätig und reiste oft ins Ausland. Da sie ungemein beschäftigt war, blieb unsere Bekanntschaft weitläufig, doch bei jeder Begegnung erkundigte sie sich interessiert nach unserem Ail und vergaß nicht, wenn auch nur kurz, sich über meine Bilder zu äußern. Eines Tages faßte ich mir ein Herz und sagte: »Altynai Sulaimanowa, Sie müßten wirklich mal in den Ail fahren und unsere Landsleute wiedersehen. Jedermann kennt Sie dort, freilich mehr vom Hörensagen, und ist stolz auf Sie. Und einer äußert wohl zum anderen: ›Unsere berühmte Gelehrte geniert sich unser, sie hat den Weg in den Ail schon ganz vergessen.‹«

»Gewiß, ich müßte mal hin«, meinte Altynai Sulaimanowa mit wehmütigem Lächeln. »Ich wünsche mir schon lange, nach Kurkurëu zu fahren, eine Ewigkeit war ich nicht dort. Allerdings habe ich im Ail keine Verwandten mehr. Aber darauf kommt es ja nicht an. Unbedingt fahr ich hin, ich sehne mich nach meinem Heimatail.«

Die Genossin Sulaimanowa traf in Kurkurëu ein, als die Einweihungsfeier gerade beginnen sollte. Die Kolchosbauern sahen durchs Fenster ihren Wagen, und alles lief auf die Straße. Jung und alt, Bekannte und Unbekannte – alle wollten ihr die Hand drücken. Altynai Sulaimanowa hatte wohl einen solchen Empfang nicht erwartet und war, wie mir schien, ein wenig verlegen. Sie legte die Hand aufs Herz und verneigte sich. Nur mit Mühe bahnte sie sich einen Weg zur Bühne.

Bestimmt hatte Altynai Sulaimanowa oft genug Festveranstaltungen beigewohnt, und bestimmt war sie stets froh und ehrenvoll begrüßt worden, aber die Herzlichkeit ihrer Landsleute rührte sie so sehr, daß sie nur mühsam die aufsteigenden Tränen zurückdrängen konnte.

Nach der Feier banden ihr die Jungpioniere ein rotes Halstuch um, überreichten ihr Blumen und ließen sie als erste ihren Namen in das Ehrenbuch der neuen Schule eintragen. Danach fand ein

Konzert der Schüler statt, es war sehr nett und lustig. Zuletzt lud der Direktor uns Gäste, die Lehrer und die Kolchosaktivisten in seine Wohnung.

Auch hier war Altynai Sulaimanowa der Mittelpunkt. Sie bekam den mit Teppichen belegten Ehrenplatz, und jeder bemühte sich, dem Gast seine Achtung zu erweisen. Wie immer bei solchen Festen ging es hoch her, die Unterhaltung war lebhaft, und die Trinksprüche wechselten einander ab. Da kam plötzlich ein Dorfjunge herein und übergab dem Hausherrn einen Stoß Telegramme; sie gingen von Hand zu Hand – ehemalige Schüler gratulierten ihren Landsleuten zur Eröffnung der Schule.

»Hör mal, Junge, hat die Telegramme nicht der alte Düischen gebracht?« fragte der Direktor.

»Ja«, antwortete der. »Er hat sein Pferd den ganzen Weg gehetzt, wie er sagte, wollte rechtzeitig zur Eröffnung hier sein, damit die Telegramme vor der ganzen Versammlung verlesen werden können. Nun war er ärgerlich, daß er ein bißchen zu spät gekommen ist, unser Aksakal.«

»Warum bleibt er denn draußen, er soll hereinkommen.«

Der Junge ging hinaus, um Düischen zu holen. Altynai Sulaimanowa, die neben mir saß, war zusammengezuckt. Nun fragte sie mich, seltsam befangen, als ob sie sich plötzlich an etwas erinnere, von was für einem Düischen die Rede sei.

»Das ist der Kolchosbriefträger, Altynai Sulaimanowa. Kennen Sie den alten Düischen?«

Ein unbestimmtes Nicken war ihre Antwort, sie wollte aufstehen, doch in diesem Moment ritt jemand mit lautem Hufschlag am Fenster vorbei.

Der Junge kam ins Zimmer zurück und sagte: »Ich hab ihn gerufen, Agai, aber er ist weggeritten, weil er noch Briefe austragen muß.«

»Na schön, soll er's machen, man darf ihn nicht aufhalten. Mag er nachher mit den Alten zusammensitzen«, meldete sich eine unzufriedene Stimme.

»Oh, Sie kennen unseren Düischen nicht! Der hält sich streng an seine Pflicht! Bevor er nicht alles fertig hat, ist er für nichts anderes zu haben.«

»Gewiß, ein eigenartiger Kauz! Nach dem Krieg kam er aus dem Lazarett, er war in der Ukraine, und dort hat er sich angesiedelt. Erst vor fünf Jahren ist er in unseren Ail zurückgekehrt. ›Ich will in der Heimat sterben‹, hat er gesagt. Einsam und allein ist er geblieben sein Leben lang.«

»Trotzdem hätte er hereinkommen können... Na gut«, schloß der Direktor und winkte ab.

»Genossen, vor langer Zeit haben wir in Düischens Schule gelernt, wenn ihr euch erinnert.« Einer der angesehensten Männer des Ails hob sein Glas. »Ich glaube, damals kannte Düischen selber nicht alle Buchstaben des Alphabets.« Der Alte sprach mit halbgeschlossenen Augen und schüttelte den Kopf. Seine ganze Haltung drückte Verwunderung und leisen Spott aus.

»Ja, wirklich, so war's!« bestätigten mehrere Stimmen.

Ringsum wurde Gelächter laut.

»Ja, nicht zu sagen! Was sich unser Düischen damals ausgedacht hat! Und wir haben ihn allen Ernstes für einen Lehrer gehalten.«

Als das Gelächter verstummt war, fuhr der Alte fort: »Jetzt aber sind in unserem Ail gebildete Menschen herangewachsen. Altynai Sulaimanowa ist Akademiemitglied und im ganzen Land berühmt. Fast alle von uns haben die Mittelschule besucht, viele sogar die Hochschule. Heute haben wir in unserem Ail eine neue Mittelschule eröffnet, das allein zeugt schon davon, wie sehr sich das Leben verändert hat. Und nun, liebe Landsleute, leeren wir unser Glas darauf, daß auch fernerhin die Töchter und Söhne von Kurkurëu zu den fortgeschrittenen Menschen des Landes zählen.«

Daraufhin wurde es wieder laut, der Trinkspruch fand allgemeinen Beifall, nur Altynai Sulaimanowa errötete, war seltsam bestürzt und nippte nur am Weinglas. Doch in der Feststimmung, im lärmenden Gespräch bemerkte niemand ihre Verwirrung.

Altynai Sulaimanowa sah hastig mehrmals auf die Uhr. Und als die Gäste dann ins Freie traten, bemerkte ich, daß sie abseits zum Aryk ging und unverwandt auf den Hügel blickte, wo die herbstlich verfärbten Pappeln ihre Kronen im Winde wiegten. Die Sonne war im Untergehen, sie stand niedrig über dem fliederfarbenen Streifen, der in der Ferne die Steppe vom Himmel schied. Die blassen abendlichen Strahlen tauchten die Wipfel der Pappeln in ein traurig trübrotes Licht.

Ich trat zu Altynai Sulaimanowa.

»Jetzt fallen die Blätter, aber Sie müßten die Pappeln im Frühling sehen, wenn sie blühen«, sagte ich zu ihr.

»Daran dachte ich gerade«, erwiderte sie seufzend und schwieg ein Weilchen. Dann sprach sie, wie zu sich selbst: »Ja, alles Lebende hat seinen Frühling und seinen Herbst.«

Über ihr verblühendes Gesicht mit den feinen Fältchen um die Augen huschte ein Schatten traurigen Nachdenkens. Mit fraulicher Wehmut hing ihr Blick an den Bäumen. Ich hatte auf einmal den Eindruck, daß neben mir nicht Akademiemitglied Sulaimanowa stünde, sondern eine einfache Kirgisenfrau, schlicht und warmherzig in Freud und Leid. Die Gelehrte erinnerte sich offenbar an ihre Jugend, die man, wie es in unseren Liedern heißt, auch vom höchsten Berggipfel aus nicht zurückrufen kann. Während Altynai zu den Pappeln hinschaute, schien sie etwas sagen zu wollen, aber sie überlegte es sich und setzte rasch ihre Brille auf, die sie in der Hand gehalten hatte.

»Der Moskauer Zug hält, glaub ich, um elf hier?«

»Ja, um elf Uhr nachts.«

»Dann muß ich mich aber fertig machen.«

»Warum denn das so plötzlich? Sie hatten doch versprochen, ein paar Tage hierzubleiben, Altynai Sulaimanowa. Die Leute im Ail werden Sie nicht weglassen.«

»Ich habe Dringendes zu erledigen. Ich muß unbedingt fahren.«

Obgleich ihre Landsleute sie bestürmten zu bleiben und aus ihrer Enttäuschung kein Hehl machten, war Altynai Sulaimanowa nicht umzustimmen.

Inzwischen brach die Dämmerung an. Die bestürzten Landsleute brachten Altynai zum Auto und nahmen ihr das Versprechen ab, ein andermal für eine Woche oder länger in den Ail zu kommen. Ich begleitete sie noch zum Bahnhof.

Warum hatte es Altynai Sulaimanowa auf einmal so eilig? Daß sie an einem solchen Tag ihren Landsleuten eine so große Kränkung zufügen konnte, war mir völlig unbegreiflich. Unterwegs setzte ich mehrmals zu einer Frage an, aber ich fand nicht den Mut. Nicht etwa, weil ich nicht taktlos erscheinen wollte, ich spürte nur, daß sie mir ohnehin nichts sagen würde. Die ganze Fahrt über schwieg sie, tief in Gedanken versunken.

Beim Abschied faßte ich mir ein Herz und

fragte: »Sie sind verstimmt, Altynai Sulaimanowa, vielleicht haben wir Sie ungewollt verletzt?«

»Aber nein! Wie kommen Sie darauf? Wem könnte ich böse sein? Nur mir selber. Ja, mir selber böse zu sein, dazu hätte ich wohl Grund.«

So reiste Altynai Sulaimanowa ab. Als ich danach wieder in der Stadt war, erhielt ich nach ein paar Tagen einen Brief von ihr. Sie teilte mir mit, daß sie sich länger als beabsichtigt in Moskau aufhalten würde, und schrieb dann:

»Obgleich ich viel Wichtiges und Eiliges zu erledigen habe, verschiebe ich alles und schreibe Ihnen diesen Brief. Wenn Ihnen das, was ich zu sagen habe, wesentlich erscheint, dann denken Sie darüber nach, wie man es einrichten kann, daß alle davon erfahren. Ich finde, nicht nur unsere Landsleute sollten es wissen, sondern alle, besonders die Jugend. Zu dieser Überzeugung bin ich nach langem Nachdenken gekommen. Es ist meine Beichte. Ich muß diese innere Pflicht erfüllen. Je mehr Menschen davon wissen, desto weniger wird mich das Gewissen quälen. Fürchten Sie nicht, mich in eine peinliche Lage zu bringen. Verheimlichen Sie nichts...«

Mehrere Tage lang stand ich unter dem Eindruck ihres Briefes. Und ich fand nichts Besseres, als Altynai Sulaimanowa selber sprechen zu lassen:

Es war im Jahre 1924. Ja, 1924...

Wo heute unser Kolchos liegt, war damals ein kleiner Ail von seßhaften armen Bauern. Ich war vierzehn Jahre alt und wohnte bei einem Vetter meines verstorbenen Vaters. Meine Mutter war ebenfalls tot.

Im Herbst, bald nachdem die Reichen zu den Winterweiden in die Berge gezogen waren, erschien im Ail ein fremder Bursche, der einen Soldatenmantel trug. Ich erinnere mich noch genau an den Mantel, denn er war aus schwarzem Tuch. Ein Mann im Soldatenmantel war für unseren Ail, der sich abseits von allen Straßen an die Berge schmiegte, ein richtiges Ereignis.

Zuerst hieß es, der Fremde sei in der Armee Kommandeur gewesen und würde auch im Ail Leiter werden, dann aber stellte sich heraus, daß er überhaupt kein Kommandeur war, sondern der Sohn von Taschtanbek, der vor langer Zeit, in den Hungerjahren, aus dem Ail fortgezogen war, um bei der Eisenbahn Arbeit zu suchen, und seitdem nichts mehr von sich hören ließ. Düischen, sein Sohn, sagte man, sei in den Ail geschickt worden, um hier eine Schule zu gründen und die Kinder zu unterrichten.

Zu jener Zeit waren Worte wie »Schule« und »Unterricht« ganz neue Begriffe, und die Leute wurden noch nicht recht schlau daraus. Die einen glaubten an das Gehörte, andere versicherten, es sei nur Weiberklatsch. Vielleicht wäre die Schule ganz in Vergessenheit geraten, hätte man nicht kurz darauf die Einwohner zu einer Versammlung eingeladen. Mein Onkel brummte: »Was ist das nun wieder, ewig wird man wegen Nichtigkeiten von der Arbeit abgehalten.« Doch zuletzt sattelte er doch sein Pferd und begab sich hoch zu Roß, wie es sich für einen achtbaren Mann gehört, zur Versammlung. Ich folgte ihm inmitten einer Schar von Nachbarkindern.

Als wir atemlos auf dem Hügel anlangten, wo meistens die Zusammenkünfte stattfanden, stand schon der bleiche Bursche im schwarzen Soldatenmantel vor einigen Leuten, die teils zu Fuß, teils zu Pferd gekommen waren, und hielt eine Rede. Wir hörten nicht, was er sagte, und schoben uns nach vorn. Aber in diesem Moment unterbrach ein alter Mann in einem abgeschabten Pelzmantel hastig den Redner: »Hör mal, mein Söhnchen.« Er sprach stotternd, doch schnell. »In früheren Zeiten hat ein Mulla die Kinder unterrichtet. Deinen Vater kennen wir, er ist genauso ein Habenichts wie wir. So sag uns doch mal, wie hast du es fertiggebracht, Mulla zu werden?«

»Ich bin kein Mulla, Aksakal, ich bin Komsomolze«, antwortete Düischen rasch. »Und die Kinder werden von jetzt an nicht mehr von Mullas, sondern von Lehrern unterrichtet. Ich habe in der Armee lesen und schreiben gelernt, konnte es auch vorher schon ein wenig. Seht ihr, solch ein Mulla bin ich.«

»Das läßt sich hören...«

»Ein tüchtiger Bursche!« wurden lobende Stimmen laut.

»Nun also, mich hat der Komsomol hergeschickt, ich soll eure Kinder unterrichten! Dazu aber brauchen wir einen Raum. Ich denke, wir bauen, mit eurer Hilfe natürlich, aus diesem alten Pferdestall auf dem Hügel eine Schule. Was meint ihr dazu, Landsleute?«

Die Leute drucksten herum, als ob sie in Gedanken erwögen, worauf er hinauswollte, der Fremde. Das Schweigen brach Satymkul der Streitsüchtige. Diesen Beinamen hatte ihm seine Unnachgiebigkeit eingetragen. Er saß schon ein Weilchen im Sattel, auf den Knauf gestützt, spuckte ab und zu durch die Zähne und hörte dem Gespräch zu. »Wart mal, Bursche«, sagte er, die Augen verkneifend, als ob er ziele, »erklär uns lieber, wozu wir sie brauchen, die Schule!«

»Wozu?« fragte Düischen verdutzt.

»Ja wirklich, wozu?« meldete sich noch jemand aus der Menge.

Sofort lösten sich die Zungen, Lärm brach los.

»Seit alters leben wir von der Bauernarbeit, uns ernährt die Hacke. Und unsere Kinder werden ebenso leben wie wir, was, zum Teufel, soll ihnen die Schule? Lesen und schreiben ist gut für die

Oberen, wir sind einfache Leute. Verdreh uns nicht den Kopf.«

Die Stimmen verstummten.

»Könnt ihr denn wirklich dagegen sein, daß eure Kinder lernen?« fragte Düischen verblüfft und blickte alle der Reihe nach ernst an.

»Und wenn wir dagegen sind, willst du uns mit Gewalt dazu zwingen? Die Zeiten sind vorbei! Wir sind jetzt freie Menschen und leben, wie wir wollen!«

Das Blut wich Düischen aus dem Gesicht. Mit zitternden Händen löste er die Haken seines Soldatenmantels, holte ein doppelt gefaltetes Blatt Papier aus seiner Blusentasche, schlug es hastig auseinander und hielt es empor.

»Ihr seid also gegen dieses Dokument, das den Schulunterricht bestimmt und den Stempel der Sowjetmacht trägt? Wer hat euch Boden und Wasser gegeben, wer gab euch die Freiheit? Nun, wer ist gegen die Gesetze der Sowjetmacht, wer? Antwortet!«

Er stieß dieses »Antwortet!« mit so klingender, haßerfüllter Heftigkeit hervor, daß es wie eine Kugel die linde Herbststille durchschnitt, wie ein Schuß von den Bergen widerhallte. Niemand sagte ein Wort. Alle schwiegen und senkten die Köpfe.

»Wir sind arme Bauern«, sagte Düischen jetzt leise, »das ganze Leben lang haben sie uns getreten und erniedrigt. In finsterer Unwissenheit haben wir bisher gelebt. Die Sowjetmacht aber will, daß Licht in unseren Ail dringe, daß wir lesen und schreiben lernen. Dazu müssen die Kinder unterrichtet werden.«

Düischen schwieg abwartend. Da murmelte der Mann, der ihn gefragt hatte, wie er Mulla geworden sei, versöhnlich: »Na schön, unterrichte sie, wenn du Lust hast, uns macht's ja nichts aus. Wir sind nicht gegen das Gesetz.«

»Ich bitte euch daher, mir zu helfen. Wir müssen diesen verfallenen Pferdestall, der früher dem Bei gehörte, ausbauen, eine Brücke über den Fluß schlagen, und Holz muß die Schule haben.«

»Wart mal, Dshigit, du springst gar zu flink«, unterbrach ihn Satymkul der Streitsüchtige. Er spuckte durch die Zähne und kniff wieder die Augen schmal, als ziele er. »Da schreist du durch den ganzen Ail: Ich werde eine Schule eröffnen! Guckt man dich aber an, so besitzt du nichts, weder einen Pelz noch ein Pferd, nicht mal 'ne Handbreit gepflügten Acker und kein Stück Vieh auf dem Hof. Wovon willst du denn leben, mein Lieber? Willst du vielleicht fremdes Vieh stehlen? Wir haben keins. Und die welches haben, sind in den Bergen.«

»Irgendwie wird's schon gehen. Ich werde Gehalt bekommen.«

»Das hättest du gleich sagen sollen.« Sehr zufrieden mit sich, blickte Satymkul triumphierend in die Runde und richtete sich im Sattel auf. »Jetzt ist's klar. Erledige alles selber, Dshigit, und unterrichte für dein Gehalt die Kinder. In der Staatskasse gibt's genug Geld. Uns aber laß in Ruh, wir stecken, weiß Gott, bis über die Ohren in Sorgen.«

Mit diesen Worten wendete Satymkul sein Pferd und ritt heim. Die anderen folgten. Düischen aber blieb auf dem Hügel stehen, das Dokument in der Hand. Der Arme wußte nicht, wohin er sich nun wenden sollte.

Mir tat er leid. Ich schaute ihn unverwandt an, bis mir mein Onkel im Vorüberreiten zurief: »Na, du Zaushaarige, was machst du denn hier, sperrst den Mund auf, marsch, nach Haus!« Ich lief den Kindern nach. »Sieh einer an, das will auch schon zu Versammlungen gehen!«

Am nächsten Tag, als wir Mädchen Wasser holten, trafen wir Düischen am Fluß. Er watete ans andere Ufer, Schaufel, Hacke, ein Beil und einen alten Eimer in den Händen.

Von diesem Tag an sah man jeden Morgen die einsame Gestalt im schwarzen Militärmantel den Hügel zum verlassenen Pferdestall hinaufsteigen. Erst spätabends kehrte Düischen in den Ail zurück. Oft trafen wir ihn mit einem riesigen Bündel Salzkraut oder Stroh auf dem Rücken. Wenn ihn die Bauern von weitem gewahrten, stellten sie sich in die Steigbügel, schirmten die Augen mit der Hand ab und sprachen erstaunt zueinander: »Seht nur, ist das nicht der Lehrer, der da die Bündel hinaufschleppt?«

»Ja, das ist Düischen.«

»Ach, der Ärmste! Ist wohl nicht so einfach, Lehrer zu sein.«

»Was hast du denn gedacht? Der hat sich nicht weniger auf den Buckel geladen als ein Knecht vom Bei.«

»Und wenn man ihn reden hört, der hat's raus.«

»Na, das kommt davon, daß er das Papier mit dem Stempel in der Tasche hat, das gibt ihm Kraft.«

Als wir einmal mit vollen Säcken Heizmist nach Hause gingen, den wir meist in den Vorbergen hinter dem Ail sammelten, schlugen wir den Weg zur Schule ein. Wir wollten mal sehen, was der Lehrer dort tat. Der alte Lehmbau hatte früher dem Bei als Pferdestall gedient. Im Winter wurden hier die Stuten gehalten, die in der Schlechtwetterzeit Füllen warfen. Nach der Errichtung der Sowjetmacht war der Bei mit seinen Herden irgendwohin gewandert, und der Stall blieb leer. Niemand kam hierher, ringsum wucherten Disteln und Dornengestrüpp. Jetzt war das Unkraut mit der Wurzel gejätet und lag abseits auf einem Haufen, der Hof war blank gefegt. Die halb eingefallenen, vom Regen verwaschenen Wände hatte Düischen frisch mit Lehm bestrichen, und die schiefe, zerspellte Tür, die immer an einer Angel gebaumelt hatte, war ausgebessert und ließ sich auf- und zumachen.

Als wir unsere Säcke auf die Erde stellten, um uns ein wenig auszuruhen, kam Düischen heraus, von oben bis unten mit Lehm beschmiert. Zuerst blickte er uns verwundert an, doch dann lächelte er freundlich und wischte sich den Schweiß von der Stirn.

»Wo kommt ihr denn her, Mädchen?«

Wir saßen neben unseren Säcken und sahen einander verwirrt an. Düischen begriff, daß wir aus Verlegenheit schwiegen, und zwinkerte uns ermunternd zu.

»Die Säcke sind ja größer als ihr. Sehr gut, daß ihr mal gucken gekommen seid, Kinder, ihr werdet ja hier lernen. Eure Schule, kann man sagen, ist fast fertig. Eben hab ich in der Ecke so was wie einen Ofen gesetzt, mit einem Rohr durchs Dach, seht's euch an! Jetzt muß ich noch Feuerung für den Winter besorgen, das ist nicht schwer, Salzkraut wächst genügend hier herum. Auf den Boden schütten wir Stroh, dann kann der Unterricht beginnen. Na, wie ist's, möchtet ihr lernen, werdet ihr in die Schule kommen?«

Ich war älter als meine Freundinnen, deshalb entschloß ich mich zu antworten:

»Wenn's die Tante erlaubt, werd ich kommen.«

»Warum soll sie's nicht erlauben? Gewiß wird sie's erlauben. Wie heißt du?«

»Altynai«, sagte ich und legte die Hand über mein Knie, das durch ein Loch im Rock zu sehen war.

»Altynai – das ist ein schöner Name.« Er lächelte so freundlich, daß mir warm ums Herz wurde. »Zu wem gehörst du denn?«

Ich schwieg, denn ich mochte nicht, wenn man mich bedauerte.

»Sie ist Waise, wohnt bei ihrem Onkel«, sagten meine Freundinnen.

»So ist das also, Altynai.« Düischen lächelte wieder. »Bring auch die anderen Kinder in die Schule mit. Abgemacht? Ihr kommt doch auch, Mädchen?«

»Ja, Onkel.«

»Sagt Lehrer zu mir. Wollt ihr euch mal die Schule ansehen? Kommt herein, geniert euch nicht.«

»Nein, wir müssen jetzt nach Hause«, antworteten wir.

»Na schön, lauft nach Hause. Später, wenn ihr zum Unterricht kommt, seht ihr euch die Schule an. Ich geh jetzt noch mal Salzkraut zum Heizen holen, bevor es dunkel wird.«

Düischen nahm Strick und Sichel und ging aufs

Feld. Wir erhoben uns, luden uns die Säcke auf den Rücken und zogen los zum Ail.

Plötzlich kam mir ein Gedanke.

»Wartet mal, Mädchen«, rief ich meinen Freundinnen zu. »Schütten wir doch unsere Säcke vor der Schule aus, da haben wir im Winter mehr zum Feuern.«

»Und wir sollen mit leeren Händen heimkommen? Sieh mal an, wie schlau du bist.«

»Wir gehen zurück und sammeln noch mal.«

»Nein, das geht nicht, es ist schon spät, zu Haus wird man uns ausschimpfen.«

Ohne auf mich zu warten, eilten sie heim.

Ich weiß bis heute nicht genau, wie ich mich damals zu solch einem Schritt entschließen konnte. Vielleicht hatte ich mich geärgert, weil meine Freundinnen nicht auf mich hörten, und wollte deshalb auf meinem Vorhaben bestehen; vielleicht war es auch, weil von klein auf mein Wille und meine Wünsche von den Schimpfworten und Püffen grober Menschen erstickt worden waren und in mir plötzlich ein dankbares Gefühl aufstieg für diesen fremden Mann, dessen Lächeln mein Herz erwärmte, für sein Vertrauen zu mir, für seine guten Worte. Und ich weiß, ich bin tief überzeugt davon, daß mein Werdegang, mein ganzes weiteres Leben mit all seinen Freuden und Leiden an jenem Tag begann, mit jenem Sack

Heizmist. Ich behaupte das, weil ich an jenem Tag, ohne zu überlegen und ohne mich vor Strafe zu fürchten, zum erstenmal im Leben das tat, was ich für richtig hielt. Als die Mädchen fort waren, lief ich zur Schule zurück, schüttete den Sack vor der Tür aus und rannte, was ich konnte, durch Gehölz und Schluchten, um neuen Mist zu sammeln.

Ich lief, ohne zu wissen, wohin, als hätte ich zuviel Kraft, und mein Herz hämmerte freudig, als hätte ich eine Heldentat vollbracht. Mir schien, die Sonne wüßte, warum ich so überglücklich war. Ja, gewiß, sie wußte, warum ich so leicht und frei dahinsauste. Weil ich eine zwar kleine, aber gute Tat vollbracht hatte.

Die Sonne neigte sich schon den Hügeln zu, doch mir kam es so vor, als zögerte sie, weil sie mir noch etwas länger zuschauen wollte. Sie verschönte meinen Weg. Über die trockene bräunliche Herbsterde zu meinen Füßen legten sich purpurne, rosa und lila Töne. In flimmernden Flammen standen zu beiden Seiten des Pfades die dürren Federgrasstauden. Die Sonne ließ die versilberten Knöpfe meines über und über geflickten Beschmets blitzen. Ich aber stürmte vorwärts und jubelte der Erde, dem Himmel und dem Wind zu: »Schaut mich an! Seht, wie stolz ich bin. Ich werde lernen, werde in die Schule gehen und auch andere Kinder mitbringen!«

Ich weiß nicht mehr, ob ich damals lange so herumgelaufen bin, doch plötzlich fiel mir ein, daß ich ja Heizmist sammeln mußte. Aber seltsam, den ganzen Sommer war hier das Vieh herumgezogen, und es hatte Mist auf Schritt und Tritt gegeben, jetzt jedoch fand ich keinen, als hätte ihn die Erde verschluckt. Vielleicht suchte ich gar nicht? Ich lief hierhin, dorthin, und je weiter ich kam, desto seltener entdeckte ich ein Misthäufchen. Da überlegte ich mir, daß ich bis zur Dunkelheit meinen Sack nicht voll bekommen würde, erschrak und rannte eilig hin und her im Federgras. Mit Müh und Not sammelte ich einen halben Sack voll. Inzwischen war die Sonne untergegangen, die Täler dunkelten schnell.

Noch nie war ich zu so später Stunde allein im Freien gewesen. Über die einsamen, schweigenden Hügel breitete die Nacht ihre schwarzen Schwingen. Außer mir vor Angst, warf ich mir den Sack über die Schulter und rannte dem Ail zu. Die Furcht würgte mich, vielleicht hätte ich geschrien oder geweint, aber, wie sonderbar es auch klingt, davor hielt mich der unbewußte Gedanke zurück, was wohl der Lehrer Düischen sagen würde, wenn er mich so hilflos sähe. Ich nahm mich zusammen und erlaubte mir nicht, nach rechts noch nach links zu schauen, als ob mich tatsächlich der Lehrer beobachtete.

Atemlos, staubig und in Schweiß gebadet kam ich zu Hause an. Keuchend trat ich ins Zimmer. Meine Tante saß am offenen Herd; als sie mich sah, stand sie auf und kam mir drohend entgegen. Sie war eine grobe, böse Frau.

»Wo hast du denn so lange gesteckt?« fuhr sie mich an. Bevor ich noch ein Wort herausbringen konnte, riß sie mir den Sack aus den Händen und schleuderte ihn in eine Ecke. »Nur so ein bißchen hast du den ganzen Tag gesammelt?«

Meine Freundinnen hatten ihr also schon alles erzählt.

»Ach, du Dreckbatzen! Was hast du in der Schule zu suchen? Warum bist du nicht gleich in der Schule verreckt?« Die Tante zerrte mich am Ohr und schlug mich auf den Kopf. »Du dreckige Waise! Ein Wolfsjunges wird nie ein Hund. Bei anderen Leuten tragen die Kinder alles ins Haus, du aber trägst's aus dem Haus. Wage in die Schule zu gehen, grün und blau hau ich dich.«

Ich sagte kein Wort, bemühte mich nur, nicht zu schreien. Nachher, als ich das Herdfeuer versorgte, weinte ich lautlos, heimlich, streichelte unsere graue Katze, die übrigens immer spürte, wenn ich weinte; sie sprang dann auf meine Knie. Ich weinte nicht, weil meine Tante mich geschlagen hatte, daran war ich gewöhnt. Die Tränen flossen, weil ich nun wußte, daß die Tante mich auf keinen Fall in die Schule lassen würde.

Zwei Tage danach bellten frühmorgens die Hunde los, laute Stimmen erschallten. Düischen ging durch den Ail und holte die Kinder zur Schule. Damals gab es noch keine Straßen, unsere grauen Lehmhütten mit den winzigen Fensterchen lagen wirr im Ail verstreut, jeder hatte sich da angesiedelt, wo es ihm gerade gefiel. Düischen und die Kinder gingen lärmend von Hof zu Hof.

Unser Haus war das letzte im Ail. Die Tante und ich stießen im Holzmörser Hirse klein, und der Onkel grub den Weizen aus, der in einer Grube beim Schuppen lag, er wollte das Korn auf den Basar bringen. Wie Hammerschmiede ließen wir abwechselnd die schweren Stampfer fallen, dabei blickte ich mich verstohlen um, ob der Lehrer noch weit sei. Ich fürchtete, er würde nicht bis zu unserem Hof kommen. Zwar wußte ich, daß die Tante mich nicht in die Schule lassen würde, wünschte mir aber dennoch, daß Düischen herkäme, damit er wenigstens sähe, wie ich wohnte. Im stillen flehte ich den Lehrer an, nicht vorher umzukehren.

»Guten Tag, liebe Hausfrau, Gott helfe euch! Aber Gott hilft nicht, deshalb wollen wir alle helfen. Sehen Sie nur, wie viele wir sind!« begrüßte Düischen, umgeben von der Schar seiner zukünftigen Schüler, scherzhaft die Tante.

Die brummelte etwas statt einer Antwort, der Onkel in der Grube hob nicht einmal den Kopf.

Düischen ließ sich dadurch nicht beirren. Geschäftig setzte er sich auf den Holzklotz mitten im Hof und holte Bleistift und Papier hervor.

»Heute fängt die Schule an. Wie alt ist Ihre Tochter?«

Ohne ein Wort zu sagen, stieß die Tante wütend den Stampfer in den Mörser. Ich kroch förmlich in mich zusammen. Was wird nun?

Düischen blickte mich an und lächelte. Und wie das erste Mal wurde mir warm ums Herz.

»Altynai, wie alt bist du?« fragte er.

Ich wagte nicht zu antworten.

»Wozu willst du das wissen, was bist du überhaupt für ein Kontrolleur?« rief die Tante gereizt. »Die Schule ist nichts für Waisen, andere Kinder haben Vater und Mutter und lernen auch nicht. Da hast du dir ja schon eine ganze Herde zusammengeholt, treib sie in die Schule, hier hast du nichts zu suchen.«

Düischen sprang auf.

»Überlegen Sie sich, was Sie sagen! Ist sie denn schuld daran, daß sie keine Eltern hat! Oder gibt es ein Gesetz, daß Waisenkinder nicht lernen dürfen?«

»Was scheren mich deine Gesetze? Ich leb nach meinen eigenen, und du hast mir gar nichts vorzuschreiben.«

»Wir haben alle dieselben Gesetze. Wenn Sie das Mädchen nicht brauchen, wir brauchen sie, die Sowjetmacht braucht sie. Und sind Sie gegen uns, dann werden wir Sie zurechtweisen!«

»Sieh mal an, was für ein Vorgesetzter! Wer bist du denn eigentlich?« erwiderte herausfordernd die Tante und stemmte die Hände in die Hüften. »Wer, glaubst du, hat über sie zu bestimmen? Zu essen und zu trinken geb ich ihr und nicht du, du Sohn eines Herumlungerers und selbst ein Heimatloser.«

Wer weiß, wie alles geendet hätte, wäre nicht in diesem Moment der nackte Oberkörper des Onkels aus der Grube aufgetaucht. Er konnte es nicht leiden, wenn seine Frau sich in Sachen mischte, die sie nichts angingen, und dabei vergaß, daß er der Herr im Hause war. In solchen Fällen prügelte er sie schonungslos. Auch diesmal kochte er vor Wut.

»He, Weib«, bellte er und stieg aus der Grube. »Seit wann bist du die Hauptperson im Haus, seit wann befiehlst du hier? Schwatz weniger und rühr lieber die Hände. Und du, Sohn des Taschtanbek, nimm das Mädchen mit, wenn du willst, unterrichte sie oder brat sie. Und nun runter vom Hof!«

»Ach so, sie lungert in der Schule rum, und wer besorgt die Wirtschaft? Alles soll ich allein machen?« zeterte die Tante, der Onkel aber fuhr sie an: »So hab ich's bestimmt, basta!«

Auf diese Weise kam ich zum erstenmal in die Schule. Jedes Übel hat eben seine gute Seite.

Von da an ging Düischen jeden Morgen von Haus zu Haus und holte uns ab.

Als wir zum erstenmal die Schule betraten, ließ uns der Lehrer auf dem strohbedeckten Boden Platz nehmen und gab jedem ein Heft, einen Bleistift und ein Brettchen.

»Das Brettchen legt auf die Knie, damit ihr bequemer schreiben könnt«, erklärte Düischen.

Dann zeigte er auf das an die Wand geklebte Bild eines Russen.

»Das ist Lenin«, sagte er.

Mein Leben lang hab ich dieses Bild in Erinnerung behalten. Später sah ich diese Aufnahme nie wieder und nannte sie im stillen »Düischens Leninbild«. Auf dem Bild trug Lenin eine weite Militärbluse, war mager und hatte einen Bart. Die verwundete Hand stak in einer Binde, und unter der in den Nacken geschobenen Mütze schauten ernst und forschend die Augen. Ihr milder, freundlicher Blick schien zu sagen: »Wenn ihr wüßtet, Kinder, welch wunderbare Zukunft euch erwartet!« In diesem Augenblick des Schweigens glaubte ich, daß Lenin tatsächlich an meine Zukunft dachte.

Düischen besaß das auf grobem Papier gedruckte Bild sicherlich schon lange, die Knickfalten waren abgewetzt und die Ecken eingerissen. Außer diesem Bild hing nichts an den vier Wänden unserer Schule.

»Ich bring euch das Lesen und Rechnen bei, Kinder, und zeig euch, wie man Buchstaben und Zahlen schreibt«, erklärte Düischen. »Ich lehre euch alles, was ich selber weiß.«

Und so war es – er brachte uns alles bei, was er selber wußte, und hatte dabei eine erstaunliche Geduld. Über jeden Schüler beugte er sich und zeigte, wie man den Bleistift hält, und erklärte uns die Wörter, die wir nicht verstanden.

Wenn ich heute daran zurückdenke, kann ich mich nicht genug wundern, daß dieser kaum lese- und schreibkundige Bursche, der selber nur mühsam die Worte zusammenbuchstabierte, der kein Lehrbuch, nicht mal eine elementare Fibel zur Hand hatte, daß er es wagte, ein so großes Werk in Angriff zu nehmen. Es ist nicht leicht, Kinder zu unterrichten, deren Eltern und Vorfahren Analphabeten waren. Düischen hatte natürlich nicht die geringste Vorstellung von Lehrplänen, von Unterrichtsmethodik. Richtiger gesagt, er ahnte nicht einmal, daß es so etwas gab.

Düischen unterrichtete uns so, wie er es verstand und intuitiv für richtig hielt. Ich bin zutiefst überzeugt, daß die treuherzige Begeisterung, mit der er an seine Arbeit heranging, ihre Früchte trug.

Ohne sich dessen bewußt zu sein, vollbrachte er eine Heldentat. Ja, das war es, denn uns kirgisischen Kindern, die nie aus ihrem Ail herausgekommen waren, eröffnete die Schule – wenn man sie so nennen konnte, die Lehmhütte, durch deren Spalten die Schneegipfel der Berge zu sehen waren – plötzlich eine neue, nie gesehene, ungeahnte Welt.

Wir erfuhren, daß es eine Stadt Moskau gab, in der Lenin wohnte, viel, viel größer als Aulije-Ata, sogar als Taschkent, und riesige Meere, weit wie das Talastal, und daß auf diesen Meeren Schiffe schwammen, wie Berge so groß. Wir erfuhren, daß das Petroleum, das man vom Basar holte, aus dem Erdinnern gefördert wird. Und wir glaubten schon damals felsenfest, daß unsere Schule, sobald erst das Volk im Wohlstand lebte, in einem großen, weißen Haus mit breiten Fenstern untergebracht sein würde, in dem die Schüler an Pulten saßen.

Wir beherrschten kaum ein paar Buchstaben – »Mama« und »Papa« konnten wir noch nicht schreiben –, da malten wir schon »Lenin« aufs Papier. Unsere politischen Kenntnisse bestanden aus Begriffen, wie »Bei«, »Knecht«, »Sowjetmacht«. Düischen versprach uns, wir würden in einem Jahr das Wort »Revolution« schreiben lernen.

Während wir Düischens Erzählungen lauschten, kämpften wir in Gedanken mit ihm an der Front gegen die Weißen. Von Lenin sprach er so ergriffen, als hätte er ihn mit eigenen Augen gesehen. Vieles von dem, was er sagte, lebte als Legende vom großen Lenin im Volk, das ist mir heute klar. Für uns aber, Düischens Schüler, war es die reine Wahrheit, ebenso wahr wie, daß Milch weiß ist.

Eines Tages fragten wir Düischen, ohne uns etwas dabei zu denken: »Hat Lenin Ihnen die Hand gegeben, Lehrer?«

Da schüttelte er betrübt den Kopf.

»Nein, Kinder, ich habe ihn nie gesehen.«

Er seufzte schuldbewußt, offenbar war es ihm peinlich vor uns.

Am Ende jenes Monats begab sich Düischen in seinen Angelegenheiten in die Kreisstadt. Er ging zu Fuß und kehrte erst nach zwei oder drei Tagen zurück.

Wir waren richtig traurig an diesen Tagen. Einen leiblichen Bruder hätte ich gewiß nicht mit solcher Ungeduld zurückerwartet wie Düischen. Heimlich, die Tante durfte es nicht merken, rannte ich immer wieder hinaus und schaute lange in die Steppe: Wann endlich zeigt sich auf dem Weg unser Lehrer mit dem Sack auf dem Rücken, wann endlich werd ich wieder sein Lächeln sehen, das mir das Herz erwärmt, seine Worte hören, die mir Wissen schenken!

Ich war die älteste von Düischens Schülern. Vielleicht lernte ich deshalb besser als die anderen, doch ich glaube, nicht nur deshalb. Jedes Wort meines Lehrers, jeder Buchstabe, den er mir beibrachte, war mir heilig. Und es gab für mich auf der Welt nichts Wichtigeres, als zu begreifen, was Düischen lehrte. Ich schonte das Heft, das er mir gegeben hatte, und zog lieber mit der Sichel die Buchstaben in den Sand, schrieb sie mit Kohle auf Steine, mit einem Zweig in den Schnee oder in den Straßenstaub. Und für mich war niemand auf Erden klüger und gebildeter als Düischen.

Es ging dem Winter zu.

Bis der erste Schnee fiel, wateten wir auf dem Schulweg durch den steinigen Fluß am Fuße des Hügels. Dann aber wurde das eine Qual, das eiskalte Wasser versengte uns förmlich die Füße. Besonders die Kleinen konnten es nicht aushalten, die Tränen liefen ihnen über die Wangen. Da trug Düischen sie durch den Fluß. Ein Kind lud er sich auf den Rücken, ein anderes nahm er auf den Arm, und so brachte er seine Schüler nacheinander hindurch.

Wenn ich heute daran zurückdenke, kann ich kaum glauben, daß sich alles so zugetragen hat. Damals aber verlachten die Leute Düischen, vielleicht aus Unwissenheit oder Gedankenlosigkeit, besonders die Reichen, die in den Bergen überwinterten und nur manchmal in den Ail kamen, um ihr Korn zu mahlen. Wie oft, wenn sie, mit ihren roten Fuchspelzmützen und kostbaren Schafpelzen auf satten, schnellen Pferden sitzend, uns an der Furt begegneten, starrten sie Düischen verblüfft an, und einer von ihnen stieß, vor Lachen prustend, seinen Nachbar an.

»Sieh nur, einen schleppt er auf dem Rücken, den andern auf dem Arm!«

Ein anderer spornte sein schnaubendes Pferd und fügte hinzu: »Ach, da soll mich doch die Erde verschlingen, warum hab ich nur früher nicht gewußt, wen ich mir als zweite Frau hätte nehmen sollen!«

Lachend ritten sie davon.

Wie gern wäre ich damals diesen stumpfsinnigen Menschen nachgeeilt, hätte ihre Pferde beim Zügel gepackt und ihnen in die höhnischen Visagen geschrien: »Erfrecht euch nicht, so über unsern Lehrer zu reden, ihr blöden, schlechten Kerle!«

Doch wer hätte schon auf die Stimme eines verschüchterten kleinen Mädchens gehört? So schluckte ich nur die heißen Tränen der Kränkung herunter. Düischen aber tat, als hätte er die Beleidigung gar nicht gehört. Er dachte sich flink einen Scherz aus und brachte uns zum Lachen, so daß wir den Vorfall rasch vergaßen.

Wie sich Düischen auch bemühte, er konnte kein Holz beschaffen, um einen Steg über den Fluß zu legen. Eines Tages, als er die Kleineren nach der Schule durch den Fluß gebracht hatte, blieben er und ich noch am Ufer. Wir wollten aus

Steinen und Grasstücken einen Übergang bauen, damit wir in Zukunft mit trockenen Füßen hinüberkämen.

Gerechterweise hätten die Ailbewohner gemeinsam zwei oder drei Balken geben und über den Fluß legen müssen, und die Brücke für die Schüler wäre fertig gewesen. Aber das ist es eben, daß die Menschen in ihrer Rückständigkeit damals dem Schulunterricht nicht die geringste Bedeutung beimaßen und Düischen bestenfalls für einen Narren hielten, der nichts Besseres zu tun hatte, als sich mit ihren Kindern abzugeben. Hast du Lust, so spiel den Lehrer, hast du keine, so schick die Kleinen nach Hause. Unsere Mitbürger pflegten zu reiten, deshalb brauchten sie keine Brücke. Dennoch hätten sie sich überlegen müssen, warum wohl dieser junge Mann, nicht schlechter und nicht dümmer als andere, solche Schwierigkeiten und Entbehrungen auf sich nahm, Spott und Kränkung ertrug und ihre Kinder unterrichtete, noch dazu mit ungewöhnlicher Ausdauer, mit übermenschlicher Anstrengung.

An jenem Tag, als wir den Übergang aus Steinen bauten, lag schon Schnee, und das Wasser war so eisig, daß einem der Atem stockte. Ich weiß nicht, wie Düischen es aushielt, barfuß und ohne Pause zu arbeiten. Mir fiel es sehr schwer, in dem kalten Flüßchen zu waten, dessen Grund mit glühenden Kohlen besät zu sein schien. In der Mitte bekam ich einen Wadenkrampf und krümmte mich vor Schmerzen. Ich konnte weder schreien noch mich aufrichten und sank langsam ins Wasser. Düischen warf den Stein weg und stürzte zu mir, nahm mich auf den Arm und trug mich ans Ufer. Dort setzte er mich auf seinen Militärmantel, rieb mir die bläulichen fühllosen Beine, drückte meine erstarrten Finger in seinen Händen und hauchte sie warm.

»Laß, Altynai, bleib hier sitzen, erwärm dich erst mal«, redete er mir zu. »Ich schaff's allein.« Als der Übergang fertig war, zog Düischen die Stiefel an, schaute mich zaushaariges, verfrorenes Ding an und fragte lächelnd: »Na, kleine Helferin, ist dir schon warm? Zieh mal den Mantel an, so!« Er schwieg ein Weilchen, dann fragte er: »Warst du es, Altynai, die damals den Heizmist vor die Schule gelegt hat?«

»Ja«, gab ich zur Antwort.

Ein winziges Lächeln lief um seine Mundwinkel, als ob er sagen wollte: Das hab ich mir gedacht!

Heiße Röte stieg in meine Wangen, der Lehrer hatte also jenen unbedeutenden Vorfall nicht vergessen. Ich war glücklich, ich schwebte im siebenten Himmel, und Düischen verstand meine Freude.

»Du mein helles Silberbächlein«, sagte er und sah mir liebevoll in die Augen. »Du hast gute Fähigkeiten. Ach, wenn ich dich nur in die Stadt schicken könnte! Aus dir würde ein rechter Mensch werden!«

Er ging hastig zum Ufer.

So steht er mir noch heute vor Augen, wie er damals an dem murmelnden, steinigen Flüßchen gestanden hat; die Hände im Nacken verschränkt, sah er mit glänzenden Augen den weißen Wolken nach, die der Wind über die Berge trieb.

Woran mag er damals gedacht haben? Vielleicht hat er mich in seinen Gedanken tatsächlich in einer großen Stadt lernen sehen? Ich wünschte mir, während ich mich in Düischens Mantel kuschelte: Wenn doch der Lehrer mein Bruder wäre! Ich möchte ihm um den Hals fallen, ihn herzlich umarmen, mit geschlossenen Augen ihm die schönsten Worte zuflüstern, die es gibt. Lieber Gott, mach ihn doch zu meinem Bruder!

Ich glaube, wir haben damals alle unseren Lehrer geliebt, weil er gut und menschlich war, weil er das Beste erstrebte und für uns eine schöne Zukunft erträumte. Wir haben das wohl gespürt, obgleich wir noch Kinder waren. Was hätte uns sonst dazu gebracht, tagtäglich so weit zu gehen und, atemlos vom Wind, mit den Füßen im Schnee versinkend, den steilen Hügel hinaufzusteigen? Wir kamen freiwillig in die Schule. Niemand zwang uns dazu. Niemand verlangte von uns, in diesem kalten Schuppen zu frieren, wo sich der Atem als glitzernder Reif auf unseren Gesichtern, Händen und Kleidern absetzte. Der Reihe nach gingen wir an den Ofen, um uns zu wärmen, die übrigen saßen derweil auf ihren Plätzen und hörten dem Lehrer zu.

An einem dieser kalten Tage, es war Ende Januar, ging Düischen wie immer von Hof zu Hof und holte uns Kinder zur Schule ab. Er schritt schweigend voran, ernst, die Brauen wie die Schwingen eines Königsadlers zusammengezogen, sein Gesicht war wie aus Stahl geschmiedet. Noch nie hatten wir unseren Lehrer so gesehen. Auch wir wurden still – wir fühlten, daß etwas Schlimmes geschehen war.

Wo der Weg schneeverweht war, bahnte Düischen gewöhnlich selber einen Pfad, hinter ihm ging ich, dann folgten die anderen. Auch diesmal hatte der Wind über Nacht am Fuß des Hügels viel Schnee zusammengefegt. Düischen ging voran. Manchmal braucht man sich einen Menschen nur von hinten anzuschauen und weiß sofort, in welcher Verfassung er ist und was in seiner Seele vorgeht. Damals war gleich zu sehen, daß unseren Lehrer der Schmerz niederbeugte. Er schritt mit gesenktem Haupt und schleppte schwer die Füße. Noch heute steht mir der harte Schwarzweißkontrast vor Augen. Wir stiegen im Gänsemarsch den Hügel hinauf, unter dem schwarzen Militärmantel krümmte sich Düischens Rücken, am Berghang wölbten sich wie Kamelhöcker weiße Schneehaufen, von denen der Wind den Schnee fortblies, und hoch oben am trübweißen Himmel zog eine einsame schwarze Wolke.

Als wir in die Schule kamen, heizte Düischen nicht wie sonst den Ofen.

»Steht auf«, befahl er.

Wir erhoben uns.

»Nehmt eure Mützen ab!«

Wir entblößten gehorsam unseren Kopf, und auch er nahm den Budjonnyhelm ab. Wir wußten nicht, warum. Da erklärte der Lehrer mit heiserer, stockender Stimme: »Lenin ist gestorben. In allen Ländern trauern die Menschen. Steht still da und schweigt. Seht hierher auf das Bild. Diesen Tag sollt ihr nie im Leben vergessen.«

In unserer Schule wurde es so still, als ob eine Lawine sie verschüttet hätte. Der Wind pfiff durch die Ritzen, und wir hörten die hereingewehten Schneeflocken aufs Stroh klatschen.

In dieser Stunde, in der die lärmenden Städte verstummten, die Erde nicht mehr unter den Maschinen der Fabriken dröhnte und die ratternden Züge ihre Fahrt unterbrachen, als die ganze Welt in tiefe Trauer versank, in dieser leidvollen Stunde standen auch wir, winzige Teilchen des Volkes, mit angehaltenem Atem, gemeinsam mit unserem Lehrer in dem weltvergessenen eisigen Schuppen, Schule genannt, feierlich auf Totenwache und nahmen von Lenin Abschied. Und wir fühlten uns als seine Nächsten, die am meisten um ihn trauerten. Unser Lenin aber, in der weiten Militärbluse, mit der verbundenen Hand, schaute wie vordem von der Wand auf uns nieder, und sein reiner, klarer Blick rief uns wie immer zu: »Wenn ihr wüßtet, Kinder, welch wunderbare Zukunft euch erwartet!« In dieser stillen Stunde glaubte ich, daß Lenin tatsächlich an meine Zukunft dachte.

Da fuhr sich Düischen mit dem Ärmel über die Augen und sagte: »Heute gehe ich in die Kreisstadt. Ich will in die Partei eintreten. In drei Tagen bin ich wieder zurück.«

Diese drei Tage gruben sich als die härtesten Wintertage, die ich je erlebt habe, in mein Gedächtnis. Als ob gewaltige Naturkräfte den Platz des hingeschiedenen, großen Menschen einnehmen wollten, so tobte der Sturm ohne Unterlaß, wirbelte den Schnee auf, der Boden dröhnte von der Eiskälte. Die entfesselten Elemente konnten keine Ruhe finden, sie rasten und peitschten klagend die Erde.

Still und verschneit lag unser Ail am Hang der von düsteren tiefhängenden Wolken verhüllten Berge. Aus den Schornsteinen stieg dünner Rauch. Die Menschen blieben in den Häusern. Überdies trieben die Wölfe ihr Unwesen. Sie wagten sich sogar am Tag auf die Wege beim Ail, und nachts erscholl bis zum Morgengrauen unaufhörlich ihr hungriges Heulen.

Mich packte die Angst um unseren Lehrer. Wie konnte er es bei dieser Kälte in seinem dünnen Mantel aushalten? An dem Tag, an dem Düischen zurückkehren wollte, verlor ich völlig den Kopf, offenbar ahnte mein Herz ein Unheil voraus. Sooft ich konnte, rannte ich aus dem Haus und blickte in die verschneite, menschenleere Steppe, ob nicht auf dem Weg die Gestalt unseres Lehrers auftauchte. Aber weit und breit war niemand zu sehen.

Wo bist du nur, Lehrer? Ich fleh dich an, halt dich nicht bis spätabends auf, komm schnell zurück! Wir warten auf dich, hörst du, Lehrer! Wir warten auf dich!

Aber mein stilles Flehen verlor sich in der Steppe, mir liefen plötzlich die Tränen über die Wangen.

Meine Tante verlor die Geduld.

»Willst du wohl endlich die Tür in Ruh lassen? Setz dich auf deinen Platz und fang an zu spinnen. Den Kindern klappern schon die Zähne. Untersteh dich, noch mal rauszulaufen!« schalt sie drohend. Ich getraute mich nicht mehr hinaus.

Es wurde schon Abend, und ich wußte nicht, ob unser Lehrer gekommen war. Vor Aufregung konnte ich nicht ruhig sitzen. Ich tröstete mich, daß Düischen sicher schon im Ail sei; es war ja noch nie vorgekommen, daß er nicht zur versprochenen Zeit heimgekehrt wäre. Dann wieder fürchtete ich, er sei krank geworden und könne nur langsam gehen. Wenn sich ein Schneesturm erhob, verirrte man sich bei Nacht leicht in der Steppe. Meine Hände gehorchten mir nicht, die Arbeit kam nicht vom Fleck, oft riß der Faden, und das machte meine Tante wütend.

»Was ist denn heute mit dir los? Du hast wohl Hände aus Holz?« keifte sie, immer mehr in Wut geratend, und warf mir böse Blicke zu. Dann riß ihr vollends die Geduld. »Ach, daß dich der Sensenmann hole! Lauf zur alten Saikal und bring ihr den Sack zurück!«

Vor Freude hätte ich fast einen Luftsprung getan. Bei der alten Saikal wohnte doch Düischen. Die alten Leutchen, Saikal und Kartanbai, waren mütterlicherseits entfernte Verwandte von mir. Früher hatte ich sie oft besucht und manchmal bei ihnen übernachtet. Erinnerte sich die Tante daran, oder gab Gott ihr einen Fingerzeig? Jedenfalls sagte sie, als sie mir den Sack einhändigte: »Ich hab dich heute über wie Hafermehl in der Hungerzeit. Wenn die Alten es dir erlauben, bleib dort über Nacht. Geh mir endlich aus den Augen.«

Blitzschnell war ich aus dem Haus. Der Sturm raste wie ein Schamane und blies in allen Tönen. In wilden Schwallen warf er sich über mich her und schleuderte mir Händevoll stechenden Schnees in das heiße Gesicht. Ich klemmte den Sack fest unter den Arm und rannte, frischen Hufspuren folgend, ans andere Ende des Ails. Nur ein Gedanke bohrte in mir: Ist er zurück, ist er zurück, der Lehrer?

Er war noch nicht da, als ich ankam. Saikal erschrak, als ich wie versteinert auf der Schwelle stehenblieb und nach Atem rang.

»Was hast du denn? Warum bist du so gelaufen, ist ein Unglück geschehen?«

»Nein, nur so. Ich bringe den Sack zurück. Darf ich heut bei euch übernachten?«

»Bleib hier, mein Silberfädchen. Was hast du unnützes Mädel mir bloß für einen Schreck eingejagt! Warum bist du denn seit dem Herbst nicht mehr bei uns gewesen? Setz dich an den Ofen, wärm dich.«

»Tu Fleisch in den Kessel, Alte, und gib dem Töchterchen zu essen. Düischen wird wohl bis dahin zurück sein«, sagte Kartanbai, der am Fenster saß und alte Filzschuhe flickte. »Er müßte schon längst hier sein, na, macht nichts, bis es dunkel wird, ist er da. Unser Pferdchen kennt den Weg nach Hause.«

Unmerklich brach die Nacht an. Mein Herz stand gleichsam Wache, es krampfte sich jedesmal zusammen, wenn draußen Menschenstimmen laut wurden oder Hunde bellten. Aber Düischen kam nicht. Gut, daß Saikal mit ihrem Geplauder die Zeit verkürzte.

So warteten wir von Stunde zu Stunde auf ihn. Um zwölf Uhr nachts wurde Kartanbai müde.

»Mach die Betten zurecht, Alte. Er kommt heut nicht mehr. Es ist schon spät. Die Vorgesetzten dort haben viel zu tun, bestimmt haben sie ihn aufgehalten, sonst wäre er schon längst hier.«

Der Alte legte sich schlafen.

Mir bereitete Saikal in der Ecke hinterm Ofen ein Nachtlager. Aber ich konnte nicht einschlafen. Der Alte hustete, wälzte sich hin und her und flüsterte im Dunkeln Gebete. Dann murmelte er besorgt: »Was nur mein Pferdchen dort macht? Ein Büschel Heu gibt niemand umsonst, und Hafer ist auch für Geld nicht zu erstehen.«

Bald darauf schlummerte Kartanbai ein. Doch nun ließ mir der Wind keine Ruhe. Er rüttelte am Dach, raschelte mit rauher Hand im Stroh, scharrte an den Scheiben und fuhr sausend dicht überm Boden an der Hauswand entlang.

Die Worte des Alten hatten mich nicht beruhigt. Immerfort kam es mir vor, als trete der Lehrer ein. Ich dachte an ihn, malte mir aus, wie er allein durch die Schneewüste ritt. Ich weiß nicht, ob ich lange geschlafen habe, doch plötzlich fuhr ich vom Kissen hoch. Ein fürchterliches, wie aus den Eingeweiden kommendes Geheul flog über den Boden und zerrann in der Luft. Wolfsgeheul! Und nicht ein Wolf, sondern viele. Von allen Seiten schallte es und näherte sich schnell dem Haus.

Die Hungerschreie verschmolzen zu einem einzigen langgezogenen Geheul, das, vom Sturmwind getragen, durch die Steppe hallte, bald sich entfernend, bald näherkommend. Manchmal gellte es ganz in der Nähe, am Ende des Ails.

»Sie heulen noch ein Unwetter herbei«, flüsterte die Alte. Kartanbai gab keine Antwort. Er horchte angespannt, dann sprang er aus dem Bett.

»Nein, Alte, das ist kein bloßes Geheul. Sie sind hinter jemand her. Umzingeln einen Menschen oder ein Pferd. Hörst du? Gott behüte Düischen. Er achtet doch auf nichts, der närrische Kerl.«

Kartanbai tappte aufgeregt durch die Dunkelheit, seinen Pelz suchend. »Mach Licht, Alte! Schnell, um Gottes willen!«

Zitternd vor Angst sprangen wir aus den Betten, und ehe Saikal die Lampe gefunden und angezündet hatte, verstummte mit einemmal das wütende Heulen der Wölfe, wie weggeblasen war's.

»Haben ihn erwischt, die Verfluchten!« rief Kartanbai, nahm den Krückstock und eilte zur Tür, doch da kläfften die Hunde los. Jemand lief an den Fenstern vorbei, der Schnee knirschte unter den Sohlen, dann hämmerte er ungeduldig an die Tür.

Eine eisige Dunstwolke drang ins Zimmer.

Als sie zerging, erblickten wir Düischen. Bleich, atemlos taumelte er über die Schwelle und lehnte sich an die Wand.

»Eine Flinte«, stöhnte er.

Wir begriffen nicht. Mir wurde schwarz vor den Augen, ich hörte nur die jammernde Stimme des Alten: »Ein schwarzes Schaf will ich opfern, ein weißes Schaf will ich opfern. Der heilige Baubedin soll dich behüten. Bist du's denn wirklich?«

»Gebt mir eine Flinte«, wiederholte Düischen.

»Aber wir haben doch keine! Wo willst du denn hin?«

Die beiden umklammerten Düischens Schultern.

»Dann gebt mir einen Stock!«

Aber die Alten flehten: »Geh nicht hinaus, nein, das lassen wir nicht zu, solange wir leben. Lieber schlag uns auf der Stelle tot!«

Ich spürte auf einmal eine seltsame Schwäche in allen Gliedern und legte mich schweigend wieder hin.

»Ich hab's nicht mehr geschafft. Kurz vor dem Haus haben sie mich erwischt.« Keuchend warf Düischen seine Mütze in die Ecke. »Das Pferd war schon ganz entkräftet von dem weiten Weg, dann haben's die Wölfe gehetzt, es lief bis zum Ail, dort sank es zusammen. Die Wölfe stürzten sich darüber her.«

»Hol der Kuckuck das Pferd, Hauptsache, daß

du am Leben geblieben bist. Wär das Pferd nicht gestürzt, dann hätten sie dich zerfleischt! Bedankt sei Baubedin, der Beschützer, daß alles so gekommen ist. Zieh dich jetzt aus und setz dich ans Feuer. Komm, ich helf dir aus den Stiefeln«, bemühte sich Kartanbai geschäftig. »Und du, Alte, wärm auf, was du hast.«

Als sie ums Feuer saßen, atmete Kartanbai erleichtert auf.

»Laß gut sein, was vorbestimmt ist, dem entrinnt man nicht. Warum bist du denn so spät aufgebrochen?«

»Die Versammlung im Kreiskomitee hat sich in die Länge gezogen, Karake. Ich bin in die Partei eingetreten.«

»Das ist gut. Nur hättest du erst am nächsten Morgen zurückreiten sollen. Man wird dich ja nicht mit dem Gewehrkolben weggejagt haben.«

»Ich hab den Kindern versprochen, heut zurück zu sein«, antwortete Düischen. »Morgen früh beginnt doch der Unterricht wieder.«

»Ach, du liebe Einfalt!« Kartanbai war aufgesprungen und schüttelte entrüstet den Kopf. »Hör dir das an, Alte. Er hat's den Kindern, diesen Rotznasen, versprochen! Und wenn dich die Wölfe zerfleischt hätten? Ja, überlegst du dir überhaupt, was du da sprichst?«

»Das ist meine Pflicht, meine Arbeit. Aber etwas anderes können Sie mir vorwerfen. Sonst bin ich immer zu Fuß gegangen, diesmal, der Teufel hat's mir eingegeben, borg ich mir von Ihnen das Pferd, und prompt fressen's die Wölfe.«

»Darum geht's doch gar nicht! Hol der Kukkuck die Schindmähre. Soll sie dir geopfert sein!« sagte Kartanbai aufgebracht. »Mein halbes Leben bin ich ohne Pferd ausgekommen, da werd ich auch jetzt nicht zugrunde gehen. Hauptsache, die Sowjetmacht bleibt fest, da kauf ich mir schon noch ein Pferd.«

»Recht hast du, Alter«, warf mit tränenerstickter Stimme Saikal ein. »Wir kaufen uns ein neues. Hier, Söhnchen, iß, solange es heiß ist.«

Sie schwiegen beide. Nach einer Weile sagte Kartanbai nachdenklich, während er den glühenden Heizmist schürte: »Ich schau dich an, Düischen, und du scheinst mir kein dummer, eher ein kluger Bursche zu sein. Aber ich kann eines nicht begreifen: Wozu plagst du dich mit der Schule und den dummen Kindern ab? Findest du vielleicht keine andere Arbeit? Dann geh doch lieber als Schafhirt, da leidest du keine Kälte und hast satt zu essen.«

»Ich weiß, daß Sie mir nur Gutes wünschen. Aber wenn diese dummen Kinder später auch so reden wie jetzt Sie: wozu brauchen wir eine Schule, wozu den Unterricht, dann kommt die Sowjetmacht nicht weit. Sie wollen doch aber, daß sie fest steht und Fortschritte macht. Deshalb ist mir die Schule keine Last. Wenn ich nur die Kinder besser unterrichten könnte, nichts Schöneres würde ich mir wünschen. Und Lenin hat auch gesagt...«

»Ja, übrigens«, unterbrach Kartanbai den Lehrer. Dann schwieg er ein wenig und fuhr fort: »Du trauerst immer noch. Aber mit Tränen erweckst du Lenin nicht zum Leben! Ach, wäre das doch möglich auf Erden! Oder glaubst du vielleicht, andere seien nicht von Schmerz gebeugt? Schau, hinter meinen Rippen hier krampft sich vor Leid das Herz zusammen. Ich weiß freilich nicht, ob das mit deiner Politik übereinstimmt, doch obwohl Lenin einen anderen Glauben hatte, bete ich fünfmal am Tag für ihn. Nur manchmal denk ich, Düischen, wieviel Tränen wir beide auch vergießen, das hilft alles nichts. So meine ich alter Mann denn: Lenin lebt im Volk, Düischen, mit dem Blut wird er vererbt, von den Vätern auf die Söhne.«

»Haben Sie Dank für diese Worte, vielen Dank. Sie denken richtig, Lenin ist von uns gegangen, aber wir werden das Leben nach seinem Maß messen.«

Ich hörte zu, was sie sprachen, und es war, als käme ich aus weiter Ferne zu mir selbst zurück. Anfangs hielt ich alles für einen Traum. Ich konnte lange nicht glauben, daß Düischen gesund und heil zurückgekehrt war. Dann aber strömte wie ein Frühlingsbach eine ungeheure, unaufhaltsame

Freude in mein plötzlich gelöstes Herz, und von dieser heißen Flut überwältigt, schluchzte ich laut. Vielleicht hat noch nie jemand solche Freude empfunden wie ich. In diesem Augenblick gab es für mich nichts auf der Welt, weder die Lehmhütte noch den Sturm in der nächtlichen Steppe, auch nicht die Wolfsrudel, die am Dorfrand Kartanbais einziges Pferd zerfleischt hatten. Nichts gab es! Mit meinem Herzen, meinem Verstand, mit meinem ganzen Sein fühlte ich das grenzenlose, maßlose, mich wie helles Licht überflutende Glück. Ich zog die Decke über den Kopf und hielt mir den Mund zu, damit niemand mein Schluchzen höre. Aber Düischen fragte plötzlich: »Wer weint denn dort hinterm Ofen?«

»Altynai ist es, sie ist vorhin erschrocken, und nun weint sie«, erklärte Saikal.

»Altynai? Wie kommt sie hierher?« Düischen sprang auf, kniete neben mir nieder und berührte mich an der Schulter. »Was ist denn, Altynai? Warum weinst du?«

Ich drehte mich zur Wand, und meine Tränen flossen noch reichlicher.

»Ja, was ist denn, Kindchen, warum bist du so erschrocken? Wer wird denn weinen? Du bist doch schon ein großes Mädchen. Na, schau mich mal an.«

Ich schlang die Arme um Düischen, schmiegte mein heißes, nasses Gesicht an seine Schulter, dabei schluchzte ich unaufhörlich. Ich konnte nichts dagegen tun: Die Freude ließ mich wie im Fieber zittern.

»Ihr Herz hat sich verschoben«, murmelte Kartanbai besorgt und erhob sich ebenfalls von seiner Matte. »Hör, Alte, beschwöre sie mal, flüstere eine bißchen, aber geschwind.«

Und plötzlich waren alle um mich bemüht. Saikal wisperte ihre Beschwörungsformeln und spritzte mir dabei abwechselnd heißes und kaltes Wasser ins Gesicht, daß es dampfte. Sie weinte selber. Ach, wenn sie gewußt hätten, daß sich mein Herz vom überwältigenden Glück »verschoben« hatte! Es zu schildern, war ich zu schwach, ja, ich hätte es auch kaum vermocht.

Düischen saß neben mir und streichelte mir mit seiner kühlen Hand sacht die heiße Stirn, bis ich mich beruhigt hatte und einschlief.

Der Winter war über den Paß davongezogen. Schon trieb der Frühling seine blauen Herden über den Himmel. Von den schwellenden, auftauenden Ebenen stürmte ein warmer Luftstrom zu den Bergen hinauf. Er brachte den Frühlingsduft der Erde, den Geruch von kuhwarmer Milch mit. Die Schneehaufen sanken in sich zusammen, in den Bergen schmolz das Eis. Bäche brachen auf, sie murmelten geschäftig, stürzten dann brausend in wilder, alles wegreißender Flut abwärts und erfüllten die ausgewaschenen Schluchten mit lautem Tosen.

Vielleicht war das der erste Frühling meiner Jugend, jedenfalls erschien er mir schöner als je in meinen Kinderjahren. Von dem Hügel, auf dem unsere Schule stand, tat sich eine zauberhafte Frühlingswelt dem Blick auf. Wie mit ausgebreiteten Armen lief die Erde von den Bergen unaufhaltsam in die schimmernde silbrige Steppenferne, die sich in Sonnenglast und leichtem durchsichtigem Dunst verlor. Irgendwo hinter tausend Bergen und Meeren glitzerten blau vom Eis befreite Seen, irgendwo hinter tausend Bergen und Meeren wieherten Pferde, irgendwo hinter tausend Bergen und Meeren zogen Kraniche über den Himmel und trugen weiße Wolken auf ihren Schwingen. Woher kamen die Kraniche, wohin riefen sie das Herz mit ihren quälenden Posaunenstimmen?

Mit dem Frühling zog ein fröhliches Leben ein. Wir dachten uns hübsche Spiele aus, lachten ohne Grund, und nach dem Unterricht rannten wir den Weg zum Ail mit lautem Geschrei zurück. Die Tante fand daran wenig Gefallen und ließ sich keinen Anlaß zum Schelten entgehen.

»Was tollst du so herum, dummes Ding? Solltest lieber daran denken, warum du als alte Jungfer sitzengeblieben bist. Bei anständigen Leuten haben solche wie du schon längst einen Mann, die Familie bekommt Zuwachs, aber du... Hast dir einen Zeitvertreib ausgedacht, in die Schule gehen. Na, wart nur, ich werd's dir schon zeigen.«

Offen gestanden, nahm ich mir Tantes Drohungen nicht sehr zu Herzen. Sie waren mir nicht neu, das ganze Leben hörte ich nur Schimpfworte von ihr. Aber mir zu sagen, ich sei sitzengeblieben, war eine Ungerechtigkeit sondergleichen. Ich war in diesem Frühling lediglich in die Höhe geschossen.

»Du bist noch so ein kleines Ding«, Düischen lachte, »ein Zottelköpfchen und dazu mit roten Haaren!«

Ich war kein bißchen beleidigt. Das stimmt, dachte ich, zottelig bin ich, aber doch nicht ganz rothaarig. Wenn ich erst erwachsen bin, eine richtige Braut, ja, dann werd ich anders aussehen. Dann soll die Tante staunen, wie hübsch ich bin. Düischen sagt, daß meine Augen wie Sterne glänzen und ich ein offenes Gesicht habe.

Als ich eines Tages von der Schule nach Hause kam, standen auf dem Hof zwei fremde Pferde. Nach Sattel und Zaumzeug zu schließen, kamen ihre Besitzer aus den Bergen. Auch früher war mitunter jemand auf dem Weg zum Basar oder zur Mühle bei uns eingekehrt.

Schon an der Schwelle befremdete mich das unnatürliche Lachen der Tante.

»Ja, mein lieber Neffe, geize mal nicht zu sehr,

wirst schon nicht arm werden. Nachher, wenn du das Täubchen erst in den Armen hältst, wirst du mir danken. Hi-hi-hi!«

Als Antwort hörte man zustimmendes Gelächter, als ich jedoch in der Tür erschien, verstummte jäh das Gespräch. Auf der mit einem Tuch bedeckten Filzmatte saß steif wie ein Baumstumpf ein klobiger Mann mit rotem Gesicht. Unter seiner Fuchspelzmütze hervor, die in die schweißfeuchte Stirn gedrückt war, sah er mich verstohlen an, hüstelte dann und senkte den Blick.

»Ach, Töchterchen, bist schon zurück, komm nur herein, liebes Kind!« forderte mich die Tante zärtlich lächelnd auf.

Der Onkel saß ebenfalls mit einem mir fremden Mann auf der Matte. Sie spielten Karten, tranken Wodka und aßen Beschbarmak. Beide waren betrunken, und wenn sie die Karten auf die Matte klatschten, wackelten ihre Köpfe. Unsere graue Katze wollte auf das Tuch springen, aber der Mann mit dem roten Gesicht schlug ihr mit den Fingerknöcheln so hart auf den Kopf, daß sie winselnd in eine Ecke kroch.

Ach, wie weh mußte es ihr getan haben! Am liebsten wäre ich hinausgegangen, aber ich wußte nicht, wie ich es anfangen sollte. Da kam mir die Tante zu Hilfe.

»Töchterchen«, sagte sie, »dort im Kessel ist dein Mittagsbrot, iß, solange es noch warm ist.«

Ich ging hinaus, doch mir gefiel das Gehabe der Tante ganz und gar nicht. Unruhe beschlich mein Herz. Unwillkürlich war ich auf der Hut.

Nach etwa zwei Stunden schwangen sich die beiden wieder auf ihre Pferde und ritten in die Berge. Sofort hagelte es die üblichen Schimpfereien, und mir wurde leichter. Nur weil sie betrunken war, hat die Tante so nett mit mir gesprochen, dachte ich.

Kurz danach kam die alte Saikal zu uns. Ich war auf dem Hof, hörte aber, wie sie sagte: »Was machst du denn, um Himmels willen! Du stürzt sie ja ins Unglück.«

Dann stritten die Tante und Saikal, einander heftig ins Wort fallend, und schließlich eilte Saikal aufgebracht vom Hof. Sie warf einen unwilligen, zugleich aber mitleidigen Blick auf mich und ging schweigend ihres Weges. Mir wurde ganz seltsam zumute. Warum hatte sie mich so angeblickt?

Am nächsten Tag in der Schule spürte ich sofort, daß Düischen verstimmt und besorgt war, obwohl er sich bemühte, es nicht zu zeigen. Während des Unterrichts sah er mich nicht an. Als wir dann alle zusammen nach Hause gehen wollten, rief er mich zurück: »Wart mal, Altynai.« Er kam auf mich zu, sah mir forschend in die Augen und legte mir die Hand auf die Schulter. »Geh nicht nach Haus. Hast du mich verstanden, Altynai?«

Ich erstarrte vor Entsetzen. Erst in diesem

Augenblick ging mir auf, was die Tante mit mir vorhatte.

»Ich übernehme die Verantwortung für dich«, fügte Düischen hinzu. »Du wirst vorläufig bei uns wohnen. Und bleib in meiner Nähe.«

Sicherlich war alles Blut aus meinem Gesicht gewichen. Düischen nahm mich beim Kinn, sah mir in die Augen und lächelte wie immer.

»Hab keine Furcht, Altynai«, sprach er mir Mut zu. »Wenn ich bei dir bin, brauchst du keine Angst zu haben. Geh wie immer in die Schule und mach dir weiter keine Gedanken. Ich weiß doch, was für ein kleiner Angsthase du bist. Übrigens wollte ich dir schon lange etwas erzählen.« Er schien sich an etwas Komisches zu erinnern, denn er lachte. »Weißt du noch, wie Kartanbai neulich in aller Herrgottsfrühe aufstand und verschwand? Was meinst du, wen er mitbrachte? Die Gesundbeterin, die alte Dshainakowa. ›Wozu das?‹ fragte ich. – ›Sie soll Altynai beschwören, ihr Herz hat sich vor Angst verschoben.‹ Ich antwortete: ›Jagen Sie sie vom Hof, ohne ein Schaf als Lohn macht sie's nicht. So reich sind wir nicht. Das Pferd können wir ihr auch nicht schenken, das haben die Wölfe aufgefressen.‹ Du schliefst noch, und so hab ich sie leise hinausgeführt. Kartanbai hat nachher eine Woche lang nicht mit mir gesprochen, er war beleidigt. ›Du hast mich alten Mann in eine schiefe Lage gebracht‹, sagte er. Und doch sind sie herzensgut, die alten Leutchen. So, und jetzt komm mit nach Hause, Altynai.«

Wie sehr ich mich auch zusammennahm, um meinen Lehrer nicht zu betrüben, die bösen Vorahnungen verließen mich nicht. Jeden Augenblick konnte meine Tante erscheinen und mich mit Gewalt wegholen. Dann würden sie mit mir machen, was sie wollten, und niemand im Ail würde ihnen Einhalt gebieten. Die ganze Nacht tat ich kein Auge zu, weil ich das Schlimmste befürchtete.

Düischen begriff natürlich, wie schwer mir ums Herz war. Wohl um mich ein wenig abzulenken, brachte er am nächsten Tag zwei Bäumchen in die Schule mit. Nach dem Unterricht nahm er mich bei der Hand und führte mich beiseite.

»Jetzt werden wir gleich etwas tun, Altynai«, erklärte er mit geheimnisvollem Lächeln. »Diese beiden jungen Pappeln hab ich für dich mitgebracht. Wir werden sie jetzt einpflanzen. Während sie wachsen und kräftig werden, wirst auch du wachsen und kräftig werden. Du hast ein gutes Herz und einen scharfen Verstand. Ich glaube immer, du müßtest Wissenschaftlerin werden. Ich glaube fest daran, du wirst schon sehen, so steht's in den Sternen geschrieben. Jetzt bist du jung, eine biegsame Gerte, wie diese Pappeln. So, und nun pflanzen wir sie in die Erde, Altynai. Mögest du dein Glück in der Wissenschaft finden, du mein helles Sternchen ...«

Die Pappelbäumchen waren ebenso groß wie ich und hatten graublaue Stämme. Als wir sie unweit der Schule eingepflanzt hatten, blies der Wind von den Bergen und bewegte ihre noch winzigen Blätter, als wolle er ihnen Leben einhauchen. Die Blätter bebten, die Pappeln regten sich und schwankten im Wind.

»Sieh nur, wie schön!« sagte Düischen zufrieden und trat ein paar Schritte zurück. »Und jetzt ziehen wir einen Graben von der Quelle dort hierher. Du wirst sehen, was das für herrliche Pappeln werden. Wie zwei Brüder werden sie auf dem Hügel stehen und ins Land schauen. Von überall werden sie zu sehen sein, und alle braven Menschen werden ihre Freude daran haben. Dann beginnt ein ganz anderes Leben, Altynai. Alles Gute und Schöne liegt noch vor uns.«

Ich kann auch heute noch nicht die rechten Worte finden, um auszudrücken, wie sehr Düischens Edelmut mich rührte. Damals stand ich wortlos vor ihm und blickte ihn an. Und es war, als sähe ich zum erstenmal, wieviel menschliche Schönheit in seinem Gesicht war, wieviel Güte und Zartheit in seinen Augen leuchtete; es war, als hätte ich früher nicht gewußt, wie stark und gewandt seine Hände bei der Arbeit sein konnten, wie rein sein heiteres, herzerwärmendes Lächeln. Wie eine heiße Welle stieg ein neues, nie geahntes Gefühl in mir auf, aus einer Welt, die ich noch nicht kannte. Es zog mich zu Düischen, ich wollte ihm sagen: Lehrer, ich danke Ihnen dafür, daß Sie so sind. Ich möchte Sie umarmen und küssen! Aber ich fand nicht den Mut, ich schämte mich, diese Worte auszusprechen. Vielleicht hätte ich es tun sollen.

Und so standen wir damals auf dem Hügel unter dem klaren Himmel, umgeben von den frühlingsgrünen Bergen, und jeder hing seinen Gedanken nach. In jener Stunde vergaß ich die Gefahr, in der ich schwebte. Ich dachte nicht daran, was der morgige Tag mir bringen würde, ja, ich überlegte nicht einmal, warum meine Tante mich seit zwei Tagen nicht suchte. Vielleicht hatten sie mich vergessen, oder sie hatten beschlossen, mich in Ruhe zu lassen? Düischen aber dachte daran.

»Sei nicht traurig, Altynai, wir finden schon einen Ausweg«, sagte er, als wir in den Ail zurückgingen. »Übermorgen fahr ich in die Kreisstadt. Dort werde ich über deine Angelegenheit sprechen. Vielleicht bring ich's zuwege, daß man dich in die Stadt zum Lernen schickt. Willst du?«

»Was Sie sagen, werde ich tun, Lehrer«, gab ich zur Antwort.

Obgleich ich keine Vorstellung davon hatte, was eine Stadt ist, genügten Düischens Worte, daß ich anfing, vom Leben in der Stadt zu träumen. Bald packte mich die Angst vor der Fremde, bald wollte ich mich stracks auf den Weg machen –

kurzum, die Stadt ging mir nicht mehr aus dem Sinn.

Auch am nächsten Tag dachte ich fortwährend daran, wie und bei wem ich wohl in der Stadt leben würde. Wenn mich jemand bei sich aufnähme, würde ich dafür Holz hacken, Wasser holen, Wäsche waschen und alles tun, was man verlangte. Das ging mir während der Schulstunde durch den Kopf, und ich zuckte zusammen, als plötzlich hinter den Wänden unserer baufälligen Schule Pferdegetrappel zu hören war. Das kam so unerwartet, und die Pferde jagten so ungestüm, als ob sie unsere Schule über den Haufen rennen wollten. Vor Schreck saßen wir starr.

»Laßt euch nicht ablenken, bleibt bei der Sache«, rief unser Lehrer.

Da aber wurde die Tür lärmend aufgerissen, und auf der Schwelle stand meine Tante, ein schadenfrohes, böses Lächeln im Gesicht. Düischen ging auf sie zu.

»Was wollen Sie hier?«

»Was ich will, geht dich nichts an. Mein Mädel will ich heute verheiraten. He, du obdachlose Waise!«

Die Tante wollte auf mich stürzen, aber Düischen vertrat ihr den Weg.

»Hier sind nur Schülerinnen, und keine von ihnen ist heiratsfähig«, sagte Düischen fest und ruhig.

»Das wollen wir mal sehen. He, Männer, packt sie und schleift sie raus, das Luder!«

Die Tante winkte einen der Reiter herbei. Es war jener Rotgesichtige mit der Fuchspelzmütze. Nach ihm sprangen noch zwei andere vom Pferd, dicke Knüppel in den Händen.

Der Lehrer wich nicht von der Stelle.

»Was, du herrenloser Hund willst über fremde Mädel wie über deine Weiber bestimmen? Na los, rück ab!« Wie ein Bär ging der Rotgesichtige auf Düischen los.

»Sie haben kein Recht, in die Schule einzudringen«, sagte Düischen, sich am Türrahmen festhaltend.

»Ich hab's ja gesagt«, kreischte die Tante. »Schon längst hat er sie sich genommen. Hat sie zu sich gelockt, das Luder, und ganz umsonst.«

»Ich spucke auf deine Schule!« brüllte der Rotgesichtige und schwang seinen Stock.

Aber Düischen kam ihm zuvor und versetzte ihm einen heftigen Fußtritt in den Leib, so daß er stöhnend niedersank. In diesem Augenblick stürzten sich die beiden anderen mit ihren Knüppeln auf den Lehrer. Die Kinder umringten mich mit lautem Weinen. Unter den Hieben zersplitterte die Tür. Ich sprang zu den Raufenden, die Kinder hinter mir her.

»Laßt den Lehrer los! Schlagt ihn nicht! Hier bin ich, nehmt mich, schlagt nicht den Lehrer!«

Düischen sah sich um. Sein Gesicht war blutüberströmt, in seinem Zorn war er furchterregend anzusehen. Er hob ein Brett vom Boden auf, holte aus und schrie: »Rennt fort, Kinder, rennt in den Ail. Lauf fort, Altynai!« Seine Stimme erstickte.

Sie brachen ihm den Arm. Düischen wankte zurück, den Arm an die Brust gepreßt, die Männer aber hieben, brüllend wie tolle Stiere, weiter auf den wehrlosen Lehrer ein.

»Haut ihn! Haut zu! Von hinten auf den Kopf! Schlagt ihn zu Boden!«

Die rasende Tante und der Rotgesichtige stürzten sich auf mich, schlangen mir den Zopf um den Hals und zerrten mich auf den Hof. Ich wehrte mich aus Leibeskräften. Einen Augenblick lang sah ich die vor Angst reglosen Kinder, ihre im Schrei weit geöffneten Münder und an der blutbespritzten Wand Düischen.

»Lehrer!«

Aber Düischen konnte mir nicht helfen. Er hielt sich noch auf den Füßen, taumelte jedoch unter den Hieben der Bestien wie ein Betrunkener. Er versuchte den hin und her schwankenden Kopf zu heben, aber die Männer schlugen pausenlos auf ihn ein.

Mich warfen sie auf die Erde und fesselten mir die Hände. In diesem Augenblick sank Düischen zu Boden.

»Ach, Lehrer!«

Doch sie hielten mir den Mund zu und warfen mich quer über den Sattel.

Der Rotgesichtige saß schon auf dem Pferd und drückte mich nieder. Die beiden anderen, die Düischen geschlagen hatten, sprangen ebenfalls in den Sattel. Die Tante lief nebenher und hieb auf meinen Kopf ein.

»Da hast du, da! So hab ich dich endlich kirre. Und dein Lehrer ist auch am Ende.«

Aber es war noch nicht das Ende. Hinter uns erscholl plötzlich ein verzweifelter Schrei: »Altyna-a-ai!«

Mühsam hob ich den Kopf und sah mich um. Düischen lief hinter uns her, halb totgeschlagen, blutüberströmt, einen großen Stein in der Hand. Hinter ihm rannte weinend und schreiend die ganze Klasse.

»Halt, ihr Bestien! Halt! Laßt sie los, laßt sie los! Altynai!« schrie er im Laufen.

Die Gewalttäter machten halt. Die beiden Reiter nahmen Düischen zwischen sich. Der hielt mit den Zähnen den Ärmel fest, damit der gebrochene Arm nicht störe, zielte und schleuderte den Stein, aber er traf nicht. Die Reiter schlugen ihn mit ihren Knüppeln nieder, er fiel in eine Pfütze. Mir wurde schwarz vor Augen, ich sah nur noch, wie die Kinder zum Lehrer eilten und sich über ihn beugten.

Was weiter mit mir geschah, weiß ich nicht. In

einer Jurte kam ich zu mir. Durch die offene Kuppel blinkten still die ersten Sterne, von keinem Erdenleid berührt. Irgendwo in der Nähe rauschte ein Fluß, ich hörte die Stimmen von Hirten, die nachts die Herden weideten. Am erloschenen Feuer saß eine düstere, wie ein Baumstrunk verhutzelte alte Frau. Ihr Gesicht war dunkel wie Erde. Ich wandte den Kopf nach der anderen Seite. Ach, hätte ich den Kerl mit meinen Blicken töten können!

»Schwarze, bring sie hoch!« befahl er.

Die schwarze Frau näherte sich mir und rüttelte mich mit harten, knorrigen Fingern an der Schulter.

»Besänftige deine Mitfrau, mach's ihr begreiflich. Wenn nicht, ist's auch egal, ich mach nicht viel Federlesens.«

Er verließ die Jurte. Die schwarze Frau rührte sich nicht vom Fleck und sprach kein Wort. Vielleicht war sie stumm? Der Blick ihrer erloschenen Augen war wie kalte Asche, ohne jeden Ausdruck. So blicken Hunde, die vom ersten Tag an nur geprügelt worden sind. Böse Menschen schlagen sie über den Kopf, ganz gleich womit, und so gewöhnen sich die Hunde allmählich daran. In ihrem Blick liegt eine so hoffnungslose, leere Stumpfheit, daß sich einem das Herz im Leibe umdreht. Ich sah in die toten Augen der schwarzen Frau, und mir war, als ob auch ich nicht mehr lebte, sondern schon im Grab läge. Ich hätte es geglaubt, sicher, wäre nicht der Fluß zu hören gewesen. Rauschend und murmelnd sprang er über die Steine – er war frei...

Tante, du schwarze Seele, verflucht seist du in alle Ewigkeit! In meinen Tränen und meinem Blut sollst du ersticken! In dieser Nacht, kaum fünfzehn Jahre alt, wurde ich zur Frau. Ich war jünger als die Kinder dieses Ungeheuers...

In der dritten Nacht beschloß ich zu fliehen, koste es, was es wolle. Lieber wollte ich unterwegs umkommen. Und wenn mich die Verfolger einholten, wollte ich mich bis zum letzten Atemzug wehren, wie mein Lehrer Düischen.

Lautlos kroch ich im Dunkeln zum Ausgang, aber die Tür war fest mit einem Roßhaarstrick zugebunden, dessen vielfache Knoten ich in der Dunkelheit nicht lösen konnte. Da versuchte ich, die Stangen der Jurte anzuheben, um darunter hinauszuschlüpfen. Doch es gelang mir nicht, wie sehr ich mich auch anstrengte. Die Jurte war von außen ebenfalls mit Seilen am Boden befestigt.

Es blieb mir nichts übrig, als etwas Scharfes zu finden und die Stricke an der Tür durchzuschneiden. Ich tappte mit den Händen umher, fand aber nichts als einen kleinen Holzkeil. Verzweifelt scharrte ich damit die Erde unter der Jurte weg. Das war natürlich ein hoffnungsloses Beginnen, aber ich hatte die Fähigkeit, klar zu denken, eingebüßt. In mir hämmerte nur ein einziger Gedanke – weg von hier oder sterben, nur nicht mehr sein Keuchen hören, sein widerliches Schnarchen, nur nicht hierbleiben! Und wenn ich sterben mußte, dann in Freiheit, nur nicht sich fügen!

Tokol heißt zweite Frau. Oh, wie ich dieses Wort hasse! Wer hat es in welchen fürchterlichen Zeiten erdacht? Was kann es auf der Welt Erniedrigenderes geben als die erzwungene Lage einer zweiten Frau, Sklavin an Körper und Seele? Steigt aus euren Gräbern, ihr Unglücklichen, steigt auf, ihr um euer Leben Betrogenen, Geschändeten, der menschlichen Würde Beraubten! Steigt auf, ihr Märtyrerinnen, soll die Welt erschauern vor dem furchtbaren Dunkel jener Zeiten! Das rufe ich, die Letzte der Euren, die dieses Schicksal durchmachen mußte.

In jener Nacht wußte ich nicht, daß es mir beschieden sein würde, diese Worte später einmal auszusprechen. Besessen, halb wahnsinnig, scharrte ich die Erde unter der Jurte auf. Der Boden war steinig und gab schwer nach. Ich grub mit den Nägeln und riß mir die Finger blutig. Und als ich endlich die Hände unter der Jurte durchstecken konnte, graute schon der Morgen. Hunde bellten, in der Nachbarschaft wurde es lebendig. Trappelnd liefen die Pferde zur Tränke, die Schafherden zogen blökend vorbei. Dann kam jemand an die Jurte, löste von außen die Stricke und begann die Matten abzunehmen. Es war die schweigsame schwarze Frau.

Also rüstete der Ail zum Weiterwandern. Mir fiel ein, daß ich gestern flüchtig gehört hatte, am Morgen wolle man aufbrechen, anfangs zu einer neuen Lagerstätte auf dem Paß, dann aber für den ganzen Sommer weiter in die Berge. Da wurde mir das Herz noch beklommener – von dort zu fliehen war hundertmal schwerer.

An der Stelle, wo ich nachts gegraben hatte, blieb ich sitzen und rührte mich nicht vom Fleck. Wozu sollte ich's auch verbergen? Die schwarze Frau hatte ohnehin gesehen, daß die Erde unter der Jurte aufgewühlt war, doch sie sagte nichts und tat schweigend ihre Arbeit. Überhaupt verhielt sie sich so, als ob nichts sie berühre und nichts im Leben ein Gefühl in ihr hervorrufen könne. Sie weckte nicht einmal ihren Mann, wagte nicht, ihn zu bitten, daß er ihr bei den Reisevorbereitungen helfe.

Alle Matten waren schon eingerollt, nackt stand das Jurtengerippe da, ich saß darin wie in einem Käfig und sah, wie hinterm Fluß Büffel und Pferde bepackt wurden. Dann merkte ich, daß sich drei Reiter den Leuten näherten, sie etwas fragten und dann in unserer Richtung weiterritten. Anfangs glaubte ich, sie kämen, den Wanderzug zusammenzurufen, dann aber schaute ich genauer hin und erstarrte. Es war Düischen, die beiden andern trugen Milizmützen und hatten rote Kragenspiegel an ihren Mänteln.

Mehr tot als lebendig saß ich da und brachte keinen Laut über die Lippen. Freude ergriff mich – mein Lehrer lebte! Zugleich aber war meine Seele wie ausgehöhlt. Ich war zerbrochen, geschändet...

Düischens Kopf war verbunden, und sein Arm hing in einer Binde. Er sprang vom Pferd, stieß mit dem Fuß die Tür auf, drang in die Jurte und zerrte die Decken von dem Rotgesichtigen.

»Steh auf!« schrie er ihn drohend an.

Der hob den Kopf, rieb sich die Augen und wollte sich auf Düischen stürzen. Aber er duckte sich sofort, als er die auf ihn gerichteten Revolver der Milizionäre sah. Düischen packte ihn am Kragen, schüttelte ihn und riß seinen Kopf mit einem Ruck hoch.

»Schweinehund«, rief er mit bleichen Lippen. »Jetzt kommst du dahin, wo du hingehörst! Los!«

Der gehorchte, ohne sich zu wehren. Düischen rüttelte ihn wieder an der Schulter, sah ihn durchdringend an und rief mit versagender Stimme: »Du glaubst wohl, du hast sie zertreten, wie man Gras zertritt? Du irrst, deine Zeit ist vorbei, jetzt kommt ihre Zeit, mit dir ist es aus!«

Der Rotgesichtige durfte die Stiefel anziehen, dann wurde er gefesselt und aufs Pferd gesetzt. Der eine Milizionär führte das Pferd am Zügel, hinter ihm ritt der zweite. Ich setzte mich auf Düischens Pferd, er ging nebenher.

Als wir uns in Bewegung setzten, erschallte hinter uns ein wildes, unmenschliches Geheul. Die schwarze Frau rannte uns nach. Wie eine Irre stürzte sie sich auf ihren Mann und schleuderte ihm mit einem Stein die Fuchspelzmütze vom Kopf.

»Für das Blut, das du mir ausgesaugt hast, du Bestie!« schrie sie gellend. »Für meine finsteren Tage, du Ungeheuer! Ich laß dich nicht lebendig weg!«

Sicherlich hatte sie vierzig Jahre lang nicht den Kopf zu heben gewagt. Jetzt brach alles hervor, was sich in ihrer Seele angestaut hatte. Ihre herzzerreißenden Schreie hallten als Echo in den Felsschluchten wider. Bald von der einen, bald von der anderen Seite bewarf sie ihren sich feig duckenden Mann mit Mist, mit Steinen, mit Lehmklumpen, mit allem, was ihr unter die Hände kam, und stieß dabei wilde Flüche aus.

»Daß kein Gras mehr wächst, wo dein Fuß hintritt! Soll dein Leichnam auf dem Feld liegen, damit die Raben dir die Augen aushacken! Gott behüte mich davor, dich wiederzusehen! Aus meinen Augen, du Mörder, du Unmensch! Weg, weg, weg mit dir!« schrie sie. Doch plötzlich verstummte sie und lief laut weinend davon. Es sah aus, als laufe sie vor ihren im Winde wehenden Haaren weg.

Inzwischen waren Nachbarn herbeigeeilt, die ritten ihr nach.

In meinem Kopf summte es wie nach einem furchtbaren Alptraum. Geduckt und bedrückt saß ich auf dem Pferd. Düischen schritt ein wenig voraus, die Zügel in der Hand. Er schwieg und hielt den verbundenen Kopf tief gesenkt.

Eine ganze Weile verging, bevor die Unglücksschlucht hinter uns lag. Die Milizionäre waren weit vorangeritten. Da ließ Düischen das Pferd halten und sah mich mit gequältem Blick an.

»Altynai, ich konnte dich nicht davor behüten, verzeih mir!« sagte er. Dann nahm er meine Hand und legte sie an seine Wange. »Sogar wenn du mir verzeihst, ich selber werde es mir mein Leben lang nicht verzeihen...«

Ich brach in Tränen aus und drückte den Kopf an die Mähne des Pferdes. Düischen stand neben mir, streichelte mir schweigend das Haar und wartete, bis ich mich ausgeweint hatte.

»Beruhige dich, Altynai, komm weiter«, sagte er dann. »Hör zu, was ich dir zu sagen habe. Vorgestern war ich in der Kreisstadt. Du fährst dorthin und wirst lernen. Hörst du?«

An einem klaren Flüßchen machten wir halt. Düischen sagte: »Steig ab, Altynai, wasch dich!« Er holte ein Stück Seife aus der Tasche. »Nimm, spar nicht mit Seife. Wenn du willst, geh ich ein Stück abseits und laß das Pferd grasen. Du zieh dich aus und bade im Fluß. Vergiß alles, was war, und denk nie mehr daran zurück. Wasch dich rein, Altynai, dann wird dir leichter sein. Gut?«

Ich nickte. Und als Düischen fort war, entkleidete ich mich und stieg vorsichtig ins Wasser. Weiße, blaue, grüne und rote Steine schauten mich vom Grunde an. Der rasche blaue Strom rauschte und schäumte lustig über meine Waden. Ich schöpfte mit der Hand Wasser und spritzte es mir gegen die Brust. In kalten Bächlein lief es mir über den Körper, und ich lachte unwillkürlich, zum erstenmal nach diesen schlimmen Tagen. Wieder und wieder begoß ich mich mit dem kühlen Naß, dann warf ich mich ins Wasser, wo es tief war. Die rasche Strömung trug mich auf eine Sandbank, ich erhob mich und stürzte mich von neuem in den sprudelnden Strom.

»Trag allen Schmutz dieser Tage mit dir fort. Mach mich so klar und rein, wie du selbst bist, Wasser!« flüsterte ich und lachte wieder, ohne zu wissen, warum.

Weshalb bleiben an Orten, die den Menschen besonders lieb und denkwürdig sind, keine Spuren zurück? Könnte ich jetzt den Pfad finden, auf dem ich damals mit Düischen von den Bergen hinabritt! Ich würde zu Boden sinken und die Fußspuren meines Lehrers küssen. Gesegnet seien jener Pfad und der Tag meiner Rückkehr ins Leben, zu neuem Selbstvertrauen, neuen Hoffnungen.

Zwei Tage später brachte mich Düischen zur Bahn.

Nach allem, was geschehen war, wollte ich nicht im Ail bleiben. Mein neues Leben mußte ich an einem neuen Ort beginnen. Die Leute im Ail fanden meinen Entschluß richtig. Saikal und Kartanbai richteten emsig alles für die Reise her. Sie weinten wie kleine Kinder und steckten mir immer neue Tütchen und Päckchen zu. Auch andere Nachbarn kamen, um sich von mir zu verabschieden, sogar Satymkul der Streitsüchtige.

»Geh mit Gott, mein Kind«, sagte er, »ich wünsch dir alles Gute. Sei nicht zaghaft, leb so, wie dein Lehrer Düischen es dich gelehrt hat, dann wird es schon gutgehen. Ja, was gibt's da zu sagen, wir fangen auch schon an, dies und jenes zu begreifen.«

Meine Schulkameraden liefen hinter dem Wagen her und winkten mir noch lange nach.

Ich reiste mit ein paar anderen Kindern, die auch nach Taschkent ins Kinderheim geschickt wurden. Am Bahnhof erwartete uns eine russische Frau in einer Lederjacke.

Wie oft bin ich später an dieser kleinen, von Pappeln beschatteten Bahnstation in den Bergen vorübergefahren! Ich glaube, mein halbes Herz ist für immer dort zurückgeblieben.

In dem fließenden fliederfarbenen Licht des Frühlingsabends lag etwas beklemmend Trauriges, als wüßte selbst die Dämmerung um unsere Trennung. Düischen wollte sich nicht anmerken lassen, wie weh ihm war, aber ich wußte es doch, denn der gleiche Schmerz saß mir wie ein heißer Klumpen in der Kehle. Düischen sah mir fest in die Augen, seine Hände streichelten mein Haar, mein Gesicht, sogar die Knöpfe meines Kleides.

»Am liebsten möchte ich dich keinen Schritt von mir weglassen, Altynai«, sagte er. »Aber ich habe kein Recht, dir im Weg zu stehen. Du mußt lernen. Und ich weiß zu wenig. Fahr in die Stadt, so ist es besser. Vielleicht wirst du mal eine richtige Lehrerin, dann wirst du dich an unsere Schule erinnern und wohl lachen. Soll es so sein, soll es so sein...«

Die Schlucht hallte wider vom Pfeifen einer Lokomotive, die Lichter des Zuges tauchten auf. Auf dem Bahnhof gerieten die Leute in Bewegung.

»Gleich fährst du weg«, sagte Düischen mit zitternder Stimme und preßte mir die Hand. »Werde glücklich, Altynai. Und vor allem – lerne, soviel du kannst.«

Ich konnte kein Wort herausbringen, die Tränen erstickten mir die Stimme.

»Nicht weinen, Altynai.« Düischen wischte mir die Augen trocken. Plötzlich fiel ihm etwas ein. »Die Pappeln, die wir gepflanzt haben, werde ich selber großziehen. Und wenn du einst zurückkommst, schon ein fertiger Mensch, dann wirst du sehen, wie schön sie sind.«

Der Zug kam heran. Polternd und klirrend hielt er.

»Verabschieden wir uns!« Düischen umarmte mich und gab mir einen herzhaften Kuß auf die Stirn. »Bleib gesund und werde glücklich, leb wohl, mein Liebes. Fürchte dich nicht, geh mutig voran.«

Ich sprang auf das Trittbrett und schaute zurück. Nie im Leben werde ich vergessen, wie Düischen dastand, die Hand in der Binde, und mich mit umflorten Augen ansah. Dann trat er plötzlich vor, als wolle er mich festhalten, doch in diesem Augenblick setzte sich der Zug in Bewegung.

»Leb wohl, Altynai, leb wohl, mein Feuerseelchen!« rief er mir zu.

»Leben Sie wohl, Lehrer. Leben Sie wohl, mein lieber Lehrer!«

Düischen lief neben dem Wagen her, dann blieb er stehen, doch mit einemmal stürmte er vorwärts und rief: »Alty-na-ai!«

Es klang, als habe er vergessen, mir etwas Wichtiges zu sagen, obgleich er wußte, daß es schon zu spät war. Heute noch klingt mir sein Schrei in den Ohren, der aus tiefstem Herzen kam.

Der Zug durchfuhr einen Tunnel und trug

mich, immer schneller rollend, durch die weite kasachische Steppe, dem neuen Leben entgegen.

Leb wohl, Lehrer, leb wohl, meine erste Schule, leb wohl, Kindheit, leb wohl, du meine nie ausgesprochene erste Liebe...

Ja, ich lernte in der großen Stadt, von der Düischen geträumt, in den geräumigen Schulen mit hohen Fenstern, von denen er erzählt hatte. Dann absolvierte ich die Arbeiterfakultät, und man schickte mich nach Moskau auf die Hochschule.

Wieviel Schwierigkeiten hatte ich während meiner langen Studienjahre zu überwinden, wie oft war ich verzweifelt, weil ich glaubte, die weise Wissenschaft nicht begreifen zu können! In den schwersten Augenblicken trat ich immer in Gedanken vor meinen ersten Lehrer und legte Rechenschaft ab. Was den anderen leichtfiel, mußte ich mir schwer erkämpfen, denn ich mußte ja sozusagen mit dem Abc beginnen.

Als ich auf der Arbeiterfakultät war, schrieb ich an meinen Lehrer, daß ich ihn liebe und auf ihn warte. Aber er antwortete nicht. Damit riß unser Briefwechsel ab. Ich glaube, er hatte auf sein und mein Glück verzichtet, weil er mein Studium nicht stören wollte. Vielleicht hatte er recht... Vielleicht waren aber auch andere Gründe dabei? Was ich damals gegrübelt und gelitten habe!

Meine erste Dissertation verteidigte ich in Moskau. Es war ein großer Sieg für mich. In all diesen Jahren konnte ich nicht in den Ail fahren.

Dann brach der Krieg aus. Im Spätherbst wurde ich von Moskau nach Frunse evakuiert. Auf derselben Station, bis zu der mich mein Lehrer begleitet hatte, stieg ich aus. Und ich hatte Glück, es fand sich gleich ein Wagen, der über unseren Ail zum Sowchos fuhr.

O mein Heimatland, in der schweren Kriegszeit fand ich dich wieder. Wie sehr es mich auch freute, all die großen Veränderungen zu sehen – neue Aile waren entstanden, weite Feldflächen bestellt, neue Wege und Brücken gebaut worden –, der Krieg verdüsterte doch dieses Wiedersehen. Meine Erregung stieg, je mehr ich mich dem Ail näherte. Schon von weitem gewahrte ich neue Straßen, neue Häuser und Gärten, dann flog mein Blick zu dem Hügel, auf dem unsere Schule gestanden hatte, und mir stockte der Atem – auf dem Hügel standen zwei große Pappeln. Sie wiegten sich im Wind. Und zum erstenmal nannte ich den Menschen, den ich bisher immer nur »Lehrer« genannt hatte, bei seinem Namen.

»Düischen«, flüsterte ich. »Hab Dank für alles, was du mir getan hast! Du hast nichts vergessen, hast an alles gedacht. Wie das zu dir paßt.«

Der junge Kutscher bemerkte meine Tränen und fragte besorgt: »Was haben Sie denn?«

»Nichts weiter. Kennst du jemand aus diesem Kolchos?«

»Gewiß. Sind ja alles meine Landsleute.«

»Kennst du Düischen, der früher hier Lehrer war?«

»Düischen? Der ist an die Front gegangen. Ich hab ihn selber mit diesem Wagen zum Kriegskommissariat gebracht.«

Als wir in den Ail einfuhren, bat ich den Burschen anzuhalten und stieg aus dem Wagen. Ich überlegte. In so schwerer Zeit von Haus zu Haus zu gehen, Bekannte zu suchen und zu fragen: Kennen Sie mich noch? Ich bin doch Ihre Landsmännin!, dazu konnte ich mich nicht entschließen. Düischen war schon in der Armee. Überdies hatte ich einen Schwur getan, nie mehr dort zu weilen, wo meine Tante und mein Onkel wohnten. Man kann vieles verzeihen, aber ein solches Verbrechen wird wohl niemand vergeben können. Sie sollten nicht einmal von meiner Anwesenheit im Ail erfahren.

Ich bog von der Straße ab und ging auf den Hügel zu den Pappeln.

Ach, meine lieben Pappeln, wieviel Wasser ist von den Bergen herabgeflossen, seit ihr junge Bäumchen mit graublauen Stämmen wart! Alles, was der Mann, der euch gepflanzt und großgezogen hat, träumte und voraussagte, ist eingetroffen. Warum seid ihr also traurig und laßt eure Blätter so wehmütig rauschen? Vielleicht klagt ihr, weil der Winter naht und bald kalte Stürme euer Laub zu Boden fegen werden? Oder klingen Schmerz und Leid des Volkes in euren Stämmen?

Ja, der Winter kommt mit Eiseskälte, böse Schneestürme werden euch peitschen, doch dann bricht wieder ein Frühling an...

Lange stand ich auf dem Hügel und lauschte dem herbstlichen Rauschen der Bäume. Den Wassergraben zu ihren Füßen hatte unlängst jemand gereinigt, die Erde trug noch die tiefen, fast frischen Spuren einer Hacke. Das reine, helle Wasser in dem vollen Graben kräuselte sich, ein paar gelbe Pappelblätter schwammen darauf.

Vom Hügel aus sah ich das gestrichene Dach der neuen Schule, von unserer alten war keine Spur mehr übrig.

Ich stieg den Hügel hinab. Auf der Straße hielt ich einen vorbeikommenden Wagen an und fuhr zurück zur Bahnstation.

Der Krieg ging weiter, dann kam der Sieg. Wieviel bitteres Glück erlebte das Volk: Die Kinder gingen mit Vaters Feldtasche in die Schule, Männerhände kehrten zur Arbeit zurück, Soldatenfrauen weinten sich die Augen aus und schickten sich dann schweigend ins Witwenlos. Es gab auch solche, die lange auf ihre Lieben warteten, denn nicht alle kehrten gleich aus dem Felde zurück.

Ich wußte nichts von Düischen. Landsleute, die mitunter in die Stadt kamen, sagten, er sei vermißt, der Dorfsowjet habe die Nachricht erhalten.

»Vielleicht ist er auch gefallen«, meinten manche. »Es ist ja schon so lange her, und er läßt gar nichts von sich hören.«

Wahrscheinlich kommt mein Lehrer nicht mehr zurück, dachte ich zuweilen. So haben wir uns nicht wiedergesehen seit dem unvergeßlichen Tag, an dem wir uns am Bahnhof trennten.

Wenn ich an das Vergangene zurückdachte, wußte ich selber nicht, wieviel Leid sich in mir angesammelt hatte.

Im Jahre 1946 reiste ich nach Tomsk, einer Berufung an die dortige Universität folgend. Ich fuhr zum erstenmal durch Sibirien. Rauh und düster war das Land in jenem Spätherbst. Wie eine dunkle Mauer zogen die jahrhundertealten Wälder am Wagenfenster vorüber. In den Gehölzen zeigten sich für Augenblicke die schwärzlichen Dächer von Dorfhäusern, deren Schornsteinen dünner weißer Rauch entstieg. Auf den kalten Feldern lag der erste Schnee, frierende Krähen flogen darüber hin. Der Himmel war grau verhangen.

Ich war guter Dinge. Mein Reisegefährte, ein Kriegsversehrter mit Krücken, vertrieb uns die Zeit mit drolligen Geschichten aus seiner Militärzeit. Ich bewunderte seine unerschöpflichen Einfälle, hinter deren treuherziger und scheinbar harmloser Lustigkeit stets ernste Wahrheit zu spüren war. Alle im Wagen hatten ihn gern. Hinter Nowosibirsk, an einer kleinen Ausweichstelle, hielt unser Zug für eine Minute. Ich stand am Fenster, schaute hinaus und lachte über einen Scherz meines Nachbarn.

Die Lokomotive zog an, der Zug rollte schneller, das einsame Bahnhofshäuschen glitt am Fenster vorbei, dann kam eine Weiche, und plötzlich prallte ich vom Fenster zurück und preßte gleich darauf den Kopf an die Scheibe. Düischen! Er stand am Bahnwärterhäuschen, eine Signalflagge in der Hand. Ich kann nicht beschreiben, was in diesem Augenblick in mir vorging.

»Halt!« schrie ich durch den ganzen Wagen, stürzte zum Ausgang, wußte nicht, was ich tun sollte. Da fiel mein Blick auf die Notbremse, ich zog aus aller Kraft, die Schnur mit der Plombe zerreißend.

Die Wagen rasselten aufeinander, der Zug bremste heftig und ruckte ebenso heftig zurück. Koffer polterten aus den Gepäcknetzen, Geschirr klirrte zu Boden, Frauen und Kinder schrien. Jemand kreischte mit irrer Stimme: »Ein Mensch unter den Rädern!«

Ich aber stand schon auf dem Trittbrett und sprang wie in einen Abgrund, denn ich sah den Boden unter meinen Füßen nicht. Wie blind rannte ich zu dem Bahnwärterhäuschen, zu Düischen. Hinter mir schrillten die Pfeifen der Schaffner. Die Passagiere sprangen aus dem Zug und liefen mir nach.

Wie gehetzt hastete ich am Zug entlang, Düischen lief mir schon entgegen.

»Düischen, Lehrer!« rief ich und stürzte auf ihn zu.

Der Weichensteller blieb stehen und sah mich verständnislos an. Er war es, Düischen, sein Gesicht, seine Augen, nur hatte er früher keinen Schnurrbart getragen, und auch ein wenig älter war er geworden.

»Was ist denn Schwesterchen, was haben Sie?« fragte er teilnahmslos auf kasachisch. »Sie verwechseln mich wohl, ich bin der Weichensteller von Dshangasin, ich heiße Bejnëu.«

»Bejnëu?«

Ich biß die Zähne zusammen, um nicht laut herauszuschreien vor Kummer, Schmerz und Scham. Was hatte ich bloß angerichtet? Ich schlug die Hände vors Gesicht und senkte den Kopf. Warum verschlang mich die Erde nicht? Ich hätte den Weichensteller um Verzeihung bitten müssen und alle die Menschen ringsum, aber ich stand wie versteinert und brachte kein Wort über die Lippen. Auch die Reisenden, die hinter mir hergerannt waren, schwiegen. Ich erwartete, daß sie jetzt über mich herziehen und mich ausschelten würden. Aber niemand sprach ein Wort. In diese lastende Stille hinein sagte weinend eine Frau: »Die Ärmste, sie glaubte, ihren Mann oder Bruder erkannt zu haben, aber sie hat sich geirrt.«

In die Menschen kam Bewegung.

»So ein schrecklicher Zufall«, ließ sich eine Baßstimme vernehmen.

»Was alles geschieht, was wir alles erlebt haben im Krieg«, antwortete eine gepreßte Frauenstimme.

Der Weichensteller nahm mir die Hände vom Gesicht und sagte: »Kommen Sie, ich bring Sie in Ihr Abteil, es ist kalt.«

Er nahm meinen Arm, von der anderen Seite stützte mich ein Offizier.

»Kommen Sie, junge Frau, wir verstehen das«, beruhigte er mich.

Die Menschen traten auseinander, und man führte mich wie zu einem Begräbnis. Ganz langsam gingen wir, und die anderen folgten uns. Die Passagiere, die uns vom Zug entgegenkamen, schlossen sich schweigend an. Jemand legte mir ein wollenes Tuch um die Schultern. Mein Abteilnachbar humpelte auf seinen Krücken neben mir. Dieser Bruder Lustig, ein guter und mutiger Mann, hatte sein Haupt entblößt, und mir schien, daß er weinte. Auch ich weinte. Und in dem feierlich langsamen Schreiten am Zug entlang, im Sausen und Pfeifen des Windes in den Telegrafendrähten vermeinte ich die Klänge eines Trauermarsches zu hören. Nein, nie werde ich ihn wiedersehen!

Vor unserem Wagen stand der Zugführer. Er schrie auf mich ein, drohte mit der Faust, sagte etwas von Gericht und von Strafe. Ich antwortete nicht. Mir war alles gleichgültig. Er hielt mir ein Protokoll vor und verlangte, ich solle unterschreiben, aber ich hatte nicht einmal die Kraft, den Bleistift zu halten.

Da entriß ihm mein Abteilnachbar das Papier, rückte mit seinen Krücken auf ihn zu und schrie ihm ins Gesicht:

»Laß sie in Ruh! Ich unterschreibe, daß ich die Notbremse gezogen hab. Ich werde die Verantwortung tragen.«

Durch Sibirien, das uralte russische Land, eilte der Zug, der nun eine kleine Verspätung hatte. Wehmütig klang nachts die Gitarre meines Reisegefährten. Wie ein traurig langgezogenes Lied russischer Witwen trug ich in meinem Herzen den Nachhall dieser Begegnung mit dem Krieg, der über das Land hinweggebraust war.

Jahre vergingen. Die Vergangenheit verblaßte, die Gegenwart mit ihren großen und kleinen Sorgen forderte ihr Recht. Ich habe mich spät verheiratet, als ich einen guten Mann kennenlernte. Wir haben Kinder, wir leben in Eintracht und Freundschaft miteinander. Ich bin Doktor der Philosophie. Oft reise ich, weile in vielen Ländern. Doch in meinen Heimatail bin ich nie mehr gekommen. Dafür gab es Gründe, und nicht wenige, aber ich möchte mich nicht rechtfertigen. Es ist schlimm und unverzeihlich, daß ich die Verbindung zu meinen Landsleuten abgebrochen habe. Aber so kam es eben. Nicht, weil ich das Vergangene vergessen hätte, nein, das werde ich nie können, es ist mir nur ferngerückt.

Manche Quelle in den Bergen gerät in Vergessenheit, sobald eine neue Straße gebaut wird. Immer seltener kommt einmal ein Wanderer hin, um daraus zu trinken. Allmählich umstrüppt sich die Quelle mit Minze und Brombeergesträuch und ist schließlich nicht mehr zu sehen. Kaum jemand erinnert sich ihrer noch und biegt an heißen Sommertagen von der Landstraße ab, um seinen Durst zu stillen. Gerät aber ein Mensch in diesen abgelegenen Winkel und biegt die Gräser und Sträucher auseinander, so staunt er – das seit langem durch nichts getrübte kühle Wasser, herrlich klar und rein, fließt in tiefer Ruhe dahin. Und der Wanderer erblickt in der Quelle sich selber, die Sonne, den Himmel, die Berge. Dann denkt er wohl, daß es eine Sünde sei, solch einen Ort nicht zu kennen, und will seinen Freunden davon erzählen. Er nimmt es sich vor, aber er vergißt es bis zum nächstenmal.

An solche Quellen dachte ich kürzlich, als ich im Ail war.

Sie waren sicherlich verwundert, daß ich so Hals über Kopf abreiste. Hätte ich das, was ich Ihnen jetzt anvertraut habe, nicht an Ort und Stelle allen Leuten erzählen können? Nein. Ich war aufgewühlt und schämte mich, ja, ich schämte mich vor mir selber, daher beschloß ich, sofort wegzufahren. Ich fühlte, daß ich nicht imstande sein würde, Düischen zu begegnen und ihm in die Augen zu blicken. Ich mußte erst zur Ruhe kommen, meine Gedanken ordnen und unterwegs nachdenken über das, was ich nicht nur unseren Landsleuten, sondern noch vielen andern Menschen sagen möchte.

Ich fühlte mich auch aus einem anderen Grund schuldig: nicht ich hatte all die Auszeichnungen verdient, nicht ich hätte bei der Eröffnung der neuen Schule den Ehrenplatz einnehmen dürfen. Das Recht hätte vor allem unser erster Lehrer gehabt, der erste Kommunist in unserm Ail – der alte Düischen. Aber es kam alles umgekehrt: Wir saßen an der Festtafel, und dieser wunderbare Mensch beeilte sich mit der Post, um zur Eröffnung der Schule rechtzeitig die Glückwunschtelegramme der ehemaligen Schüler abzuliefern. – Das ist kein Einzelfall. Ich habe es oft beobachtet. Und so frage ich mich: Wann haben wir die Fähigkeit verloren, den einfachen Menschen so zu achten, wie Lenin es tat? Gott sei Dank sprechen wir über diese Dinge jetzt offen, ohne Lüge und Heuchelei. Gut, daß wir auch in dieser Beziehung Lenins Weg näherkommen.

Die Jugend von heute weiß nicht, was für ein Lehrer Düischen war. Und von der älteren Generation sind viele nicht mehr am Leben. Nicht wenige von Düischens Schülern sind im Krieg gefallen, sie waren bewährte Sowjetsoldaten. Ich wäre verpflichtet gewesen, den jungen Menschen von meinem Lehrer Düischen zu erzählen. Jeder an meiner Stelle hätte das getan. Aber ich kam nicht in den Ail, ich wußte nichts von Düischen, und mit der Zeit verwandelte sich sein Bild für mich in etwas wie eine teure Reliquie, die man in der Stille eines Museums aufbewahrt.

Bestimmt aber werde ich noch vor meinen Lehrer treten, ihm Rechenschaft ablegen und ihn um Verzeihung bitten.

Nach meiner Rückkehr aus Moskau will ich nach Kurkurëu fahren und dort den Vorschlag machen, das neue Internat »Düischens Schule« zu nennen, ihm den Namen des einfachen Kolchosbauern und heutigen Postboten zu geben. Ich hoffe, daß Sie als mein Landsmann das unterstützen werden. Ich bitte Sie darum.

In Moskau ist es jetzt bald zwei Uhr nachts. Ich stehe auf dem Balkon meines Hotels und blicke auf das Lichtermeer der Stadt. Aber im Geist sehe ich, wie ich in den Ail komme, meinen Lehrer wiedersehe und ihn auf seinen grauen Bart küsse…

Ich öffne die Fenster. Frische Morgenluft flutet ins Zimmer. Im aufklarenden Dämmerblau betrachte ich die Skizzen und Entwürfe für mein Gemälde. Es sind viele, denn ich habe mehrmals von vorn begonnen. Aber sie geben noch keine Vorstellung von dem Bild. Die Grundidee habe ich noch nicht gefunden. Und so gehe ich denn in der Morgenstille auf und ab und denke und denke ... So ist es jedesmal. Und jedesmal erkenne ich, daß ich von meinem Bild noch keine rechte Vorstellung habe.

Und doch will ich mit Ihnen über mein noch ungemaltes Bild sprechen. Ich will mir Rat holen. Sie ahnen gewiß, daß mein Bild dem ersten Lehrer unseres Ails, unserem ersten Kommunisten, dem alten Düischen, gewidmet sein wird.

Ich weiß aber noch nicht, ob ich dieses komplizierte Leben voller Kampf, die verschlungenen menschlichen Geschicke und Leidenschaften mit Farbe auf die Leinwand zu bannen vermag. Wie soll ich es anfangen, daß ich nichts aus dem vollen Gefäß verschütte, sondern es euch, meinen Zeitgenossen, darbringe, daß mein Gedanke nicht einfach zu euch gelangt, sondern von uns gemeinsam gestaltet wird?

Ich muß das Bild malen, doch wieviel Gedanken und Befürchtungen dringen auf mich ein! Manchmal dünkt mich, daß ich nichts zustande bringe. Dann denke ich: Warum hat es dem Schicksal gefallen, mir den Pinsel in die Hand zu drücken? Was ist das nur für ein qualvolles Leben! Ein andermal fühl ich mich so stark und mächtig, daß ich Berge versetzen könnte. Und da sage ich mir: Schaue, forsche und wähle! Male Düischens und Altynais Pappeln, die dir in der Kindheit soviel schöne Stunden schenkten, obgleich du ihre Geschichte nicht kanntest. Male einen barfüßigen, braungebrannten Jungen. Er ist hoch in die Krone geklettert, sitzt auf einem Ast und schaut mit verzückten Augen in die unbekannte Ferne.

Oder male ein Bild und nenne es »Der erste Lehrer«. Vielleicht wählst du den Augenblick, wo Düischen die Kinder durch den Fluß trägt, und vorüber reiten auf satten wilden Pferden höhnische Männer mit roten Fuchspelzmützen.

Vielleicht malst du auch die Szene, wo der Lehrer Altynai zur Bahn begleitet. Du erinnerst dich doch an seinen letzten Aufschrei! Mal ein Bild, das wie Düischens Schrei, der Altynai noch heute in den Ohren klingt, in den Herzen der Menschen Widerhall findet.

So rede ich mir zu. Ich nehme mir so manches vor, aber nicht immer gelingt es mir. Und auch jetzt weiß ich nicht, was für ein Bild ich malen werde. Aber eines weiß ich: ich werde suchen.

Worterklärungen

Agai	ehrerbietige Anrede für einen älteren Mann. Wörtlich: der ältere Bruder.
Ail	kirgisisches Dorf.
Aksakal	ehrerbietige Anrede für einen älteren oder höherstehenden Mann. Wörtlich: Weißbärtiger.
Aryk	Bewässerungsgraben.
Bei	mittelasiatischer Feudalherr.
Beschbarmak	kirgisisches Nationalgericht aus Hammelfleisch und einer Art Nudeln.
Beschmet	Halbrock.
Dorfsowjet	Dorfversammlung, Abgeordnetenrat.
Dshigit	junger Bursche.
Jungpionier	Angehöriger einer sowjetischen Jugendorganisation.
Jurte	kuppelförmiges Filzzelt.
Kolchos	große landwirtschaftliche Produktionsgenossenschaft in der Sowjetunion.

Komsomolze	Mitglied im »Leninistischen Kommunistischen Allunionsjugendverband« = Jugendorganisation der Sowjetunion.
Mirab	Bewässerungstechniker.
Mulla	mohammedanischer Gelehrter, Richter.
Sowchos	staatlicher landwirtschaftlicher Großbetrieb in der Sowjetunion.